U0134473

美夢販賣機

The Dreams Vending Machine

S.U.
著

目錄

序 7

初章 夢 11

第一章 疑惑 19

Case 1 ■ 遺忘 34

Case 2 ■ 上癮 50

第二章 不解 71

Case 3 ■ 遺憾 84

Case 4 ■ 追憶 106

Case 5 ■ 假如 130

第三章 混亂 153

Case 6 ■ 利用 162

Case 7 ■ 夢想 170

Case 8 ■ 罪孽 188

第四章 真相 207

Special ■ 再見 222

附錄 228

後記 231

序

「昔者莊周夢為胡蝶，栩栩然為胡蝶也。自喻適至與！不知周也。俄而覺，則蘧蘧然周也。不知周之夢為胡蝶與？胡蝶之夢為周與？」

——《莊子．齊物論》

「利用真實的記憶，換取虛幻的夢境，你想要嗎？」

當夢境猶如真實，當真實不如夢境，或許沉睡更讓人安寧。

每個人都有渴望的事，想見的人，但不是每個人都有這麼幸運能獲得一切想要的東西。常常有人說「幻想才是最完美」、「不要作白日夢」，可是當幻想、當夢境猶如真實，又如何分辨何時清醒、何時迷糊？又有誰不希望美好的夢境才是真實的世界？當閉上眼睛，能忘卻一切、遠離繁囂，活在那美好的世界，為何還要睜開雙眼？

如果能拋棄那些悲傷的記憶，換成一個美好的夢境，何樂而不為？當活在殘酷現實的人類，獲得了能遺忘痛苦、換取短暫快樂的能力，又會有怎樣的抉擇？當睜開雙眼的瞬間，發現現實比惡夢更可怕，又會否寧願一直沉睡？

人們總喜歡讓自己活在較舒適的狀態，就像一些人早就知道丈夫出軌，卻總告訴自己或許是誤會了，不願意去接受現實，寧願去欺騙自己而選擇一直逃避。那麼當有了能逃避面對殘酷現實的避風港時，人們又會怎樣利用它？即使知道一切都是虛幻又是否還會選擇繼續自欺欺人？

讓自己一直處於最安全，最不傷害自己的狀態，這又算是所謂的人性嗎？把那些痛楚一直壓抑到心底最深處又有錯嗎？

「當可以利用真實的記憶來換取如同真實的夢境，你又會怎樣選擇？」

CHAPTER 0

夢

初章

「如果這就是你所願的，那就忘記一切吧。」

身穿一身素白衣裝，臉上沒有任何表情的女人拋下一句後，頭也不回的遠去。

躺在床上的男人視野漸漸變得模糊，用盡最後的力氣想伸出手想捉住遠去的背影……

那是一個神秘的手機程式傳說、一個關於能把夢境出售的程式，它的名字是〈美夢販賣機〉。

聽說它只會於每個晚上出現在「有需要」的人的手機上，並為他們售賣出一個又一個美夢，只要是當時人想要的夢，不管是甚麼都能於夢中實現。

這聽起來是個十分夢幻而有趣的程式，卻讓一些人付出了意外的代價。

因為想要換取一個美夢，所需繳付的不是金錢，而是——

一天的記憶。

有人說這是一個夢幻的程式，看起來有點迷離，卻是一種夢幻的朦朧美。而整個程式的格局看起來是一般會使用到的網上購物平台，或許說是購物程式？

有著琳瑯滿目的商品，甚至會令人以為可以把一個又一個的美夢商品放進購物車那樣。而每個商品的名字卻是簡單幾個字，就會作為夢境的主線劇情，只要購買那個夢境，就會成為故事的主人翁。

也有人說可以自己編排夢境的情節，按自己希望的劇情推進夢境。

有的人則說賣給每個人的商品都不一樣，會隨著人的想法而改變。

對於這個程式有很多不同的說法，也不知道哪些說法是真的，哪些是子虛烏有，不管是哪一種說法，也始終沒有人有它真實存在的證據。

但唯一一致的說法是：

「夢境真實到分不清自己到底是在夢中，還是清醒著。」

「販賣了的記憶不管怎樣也不會再記起來。」

有自稱見過一次程式，但沒有使用，之後程式就消失了再沒有出現的用家仔細地說明了他當日打開程式的狀況。

程式在某個晚上突然出現，有著一個粉紅色的圖示，看起來像女生都喜歡用的少女程式。

第一次打開程式就會自動彈出它的教學界面。

滑動一下圖片就簡單的說明了三個部分。

在第一頁寫明了整個交換的程序：

「第一步：選擇想要購買的夢境

第二步：選擇販賣的記憶日期

第三步：確認無誤

＊一旦確認訂單，則視為交易完成，

已販賣之記憶任何情況下將不獲退回。」

第二頁有一些夢境選擇的例子：

「請選擇你想要購買的夢境類型」

中六合彩、幸災樂禍、與暗戀對象談戀愛、遇見偶像、擁有魔法等等，

還有一些是需要解鎖才能選擇的。

第三頁選擇想要出售的記憶日期：

「請選擇你想要販賣的記憶日期」

一個日曆可供選擇任何日子，

從你出生開始起到打開程式那一天。

還有時間，時、分、秒，也可以選擇。

最後是再一頁是確認整個訂單資訊：

「請確認你的訂單」

「選購的夢境類型：XXXXXX

販賣的記憶日期：X年X月X日X時X分X秒

＊請於按下確認後盡快入睡，

如未能於二十四小時內入睡，

當天將不會出現美夢，而已販賣的記憶將不獲退回。」

看起來是十分簡單，但是否真的能行，就只有真實使用的當時人才知道。

「為何醒來發現，現實更像惡夢？」

CHAPTER 1

第一章

疑惑

「咖噗！咖噗！嗶架！嗶架！嗶架！」伴隨著窗外照來的陽光，床邊的手機鬧鐘響起，在床上熟睡的男人不情願地從被窩中伸出手，把旁邊的手機響鬧關閉。

「噢～睡了一個超爽的覺啊！」伸了一個大懶腰後，男人靜靜的坐在床上。

「有多少年沒發過這種好夢了？或許說有多久連做夢的時間都沒有……」

帶著這從一起來就是快樂的心情緩緩地離開床，想著今天必然是個好日子呢！但，夢終究只是夢，工作還是要做的，就這樣一路走回到公司。

「Richard，等一下開會的資料你準備好了嗎？」在我還坐在電腦椅前回味著昨晚的美夢時，傳來同事的一句問話。

「甚麼？今天要開會嗎？我不知道！」聽到開會這兩字，一下就忘記回味昨天的事，立刻緊張起來了。

「你說甚麼啊？星期一老闆親自跟大家說的！」他用確認過的眼神看著我。

「才不！我一點印象都沒有！」我急忙的回應。

「不要找藉口吶！你還未準備好的話，現在快點弄吧！」他一臉嫌棄的拋下一句後離開。

「但我真的沒有這樣的……記憶……」說到「記憶」這兩字，我反而想起了甚麼……

昨天晚上……

我把未完成的工作帶回家做到半夜，在準備上床睡覺的時候。

突然放在床頭的電話傳來「叮噹」的一聲，以為是收到訊息便解鎖看一看。

「下載完成」的字樣出現在電話通知。

「奇怪！我哪有下載甚麼？」的想法出現在眼前，卻還是默默的打開手機頁面。

在我電腦卻出現了一個神秘的程式按鈕，一個粉紅色設計得很夢幻的圖標——

〈美夢販賣〉，是它的名字。

邊想著這是不是甚麼少女育成遊戲的我，自然地打開了程式。

「歡迎使用美夢販賣機，

如需閱讀程式使用說明請按下一步，

無需說明可按略過直接進行選購。」

一打開程式就看到這些字句，雖然不知道是甚麼但我還是慣性按下略過，畢竟程式甚麼的比起說明還是直接操作更能懂得用法。

按下略過後出現的就是程式界面，在最頂端有等級顯示和積分卡的按鈕，我的等級是

一、積分是零呢，而下面則是像淘寶網的商品列表，但商品的種類很可笑，像是電影片名和類型選擇。

因為不知道這是在玩甚麼，所以我就隨便點選了一個「中六合彩」，便進入下一步。

接下來的畫面更讓我無言了。

它就像手機的時間設定，讓我選擇一個日子，日子可選擇由我出生那天開始到今天，還仔細到有時、分、秒。而最令我無言的地方是，它寫著「請選擇你想要販賣的記憶日期」。

我也是醉了，這遊戲連記憶也能賣嗎？還能選個良辰吉日？

懶得吐糟就隨意滑了一下到兩天前的時間就跳到下一步。

這一頁則是讓一張小清單，就像是訂完演唱會門票時，需要確認你的演唱會場次和所需要付的金額那樣。

「請確認你的訂單」

選購的夢境類型：中六合彩

販賣的記憶日期：2016年10月5日00時00分00秒

＊請於按下確認後盡快入睡，

如未能於二十四小時內入睡，

當天將不會出現美夢，而已販賣的記憶將不獲退回。

雖然不懂得為何它連我出生日期也知道，但大概就是自己平常亂填問卷參加了甚麼推廣的計劃之類拿了我的資料吧。反正這一整個程式也讓我想瘋狂吐糟，太不科學，完全是一個奇怪的無聊遊戲，設計的人也許是腦筋出了甚麼差錯吧。

只是不知我為何還是一步步的按下去，算了，反正也只花了我幾分鐘。

按完後也沒有甚麼繼續的遊戲，只出現了一句：

「祝你有個美夢！Have a nice dream！」

然後它就自動彈出程式了。我馬上想把程式刪除，卻突然感到極度困倦，還沒放下電話，便閉上了眼睛……

對！就是這樣！我昨晚的夢就是中了樂透，而且是一個超級真實的夢！

我今天出門前還特意找了一下銀包，但很可惜的是我根本沒有買彩券……

可是……這也太真實了吧？我實在地感受到那份喜悅，那份感覺真實到快要分不清夢境與現實……

但，夢不是重點！

重點是該不會我的記憶真的沒了！？我真的有把記憶賣掉了嗎？

「十月五日，即是星期一的事……」

「今天是星期四……星期一……星期一……」

「奇怪了，星期一我做了甚麼？上班？在家？開會？」

「早餐吃了嗎？有吃嗎？那午餐呢？吃了甚麼？」

「想不起來……想不起來……」

「真的一點都想不起來……真的是因為這個程式嗎……？」

「如果是真的話……這也太可怕了吧。」

覺得有點不安的我想再三確認昨晚的事，但要怎樣確認呢？

「對！要確認這一切很簡單，只要打開那個程式就行了！」

我立刻解鎖手機，但無論我怎樣查看，甚至重新開機也沒有找到這個程式。

「或許我只是最近睡不好沒記性吧……」

我只能帶上這疑惑繼續工作，就當自己倒了霉忘記這件事。

到了晚上也沒有再特別去想起有關那個美夢販賣，只是當睡前滑一下手機。

「嗡嗡」手機突然震動了一下，傳來了訊息。

「你有一則來自美夢販賣機的通知」

它……又突然出現在手機上……

甚麼都沒想就立刻點進程式。

「恭喜你，完成了美夢販賣器的初次體驗，

你現已進級為等級二之會員及獲得八分積分，

系統已為你解鎖更多功能。」

這樣的字句從程式中的訊息彈出，就說明這一切都是真實的發生了。

程式真的把我的記憶換成了一個像真實發生過的夢，即使這是多不科學。

為了要更進一步確認一下它的真實性，還有這個程式到底是甚麼來頭，我開始仔細的查看程式中的每一個細節。

發現程式的左上方有一個「？」，很明顯這就是平常都不會看的疑難排解吧！

按進去後就看到了三個選項：

「使用方法」

「使用守則」

「等級功能」

第一個「使用方法」就不用再看吧，昨天都已經親身體驗了，直接點進使用守則那個頁面好了。

點進去後，販賣機只出現了幾項簡單的守則。

「美夢販賣機守則

1. 所有交易於確認後將無法取消。

2. 一天的記憶可換取不多於十二小時的美夢。

3. 二十四小時內只能交易一次。

4. 八歲前的記憶沒法販賣。

5. 有關美夢販賣器的記憶部份不會被消除。

6. 確認交易後如未能於二十四小時內入睡，當天將不會出現美夢，而已販賣的記憶將不獲退回。

更新至 2015 年 4 月 7 日。」

單從這五項規條看起來倒是沒甚麼特別，所以就翻開等級功能那頁面。

這頁面左上方是寫著「等級：2 積分：8」，還有的就是三項守則。

「等級功能

1. 美夢販賣器之用家級別最高為第 7 級。

2. 每個等級的限定功能需升至該級別才能解鎖。

3. 每次交易的積分會視乎用家交易當天睡眠時間而定。

（以每小時一分計算）」

還有的就是寫著「已解鎖的功能」，這個是可以按進去的按鈕，但按進去後也只有兩項。

「等級一：

可選用基本的夢境情節。

第級二：

可輸入指定人物於夢境情節。

（尚未解鎖更多等級）」

這刻的我反而比較有興趣於積分的用途，可是在這幾個介紹中似乎也沒有提及。沒有找到線索的我，唯一想到的只有解鎖更多等級，看看之後到底還會發生甚麼事。

帶著這個念頭，我返回了主頁，在那個跟網購程式一樣的頁面中，仔細地看還有甚麼特別的夢境可選購。但發現原來等級二能選擇的跟等級一並沒有差別，所以我就選擇了跟昨天一樣的夢境——中六合彩，也希望能從一樣的夢境中找出甚麼不一樣的地方。

重複昨天的步驟，點選了中六合彩的夢境後，準備選擇交換記憶的日子，但當我點選下一步時，就彈出了「等級二的功能已解鎖，現可輸入指定人物於夢境情節」的訊息，然後訊息就自動關閉了。

緊接著的是出現了一個可輸入文字的欄位頁面，上旁還寫著「請輸入想要出現於夢境之人物名稱（最多可填寫三人）；如無指定人物，可直接點擊下一步，繼續進行交易。」當然不會錯過這麼好的機會，可是一下子卻想不到寫誰的名字，又沒有情人或暗戀對象，就隨便寫了某知名女星的名字。

下一步是選擇想要忘記的日子，因為有昨天的經驗，考慮到若選擇忘記最近的日子會在日常造成困擾，所以我選擇忘記了十年前的今天，說實話我也不記得當天的自己有著怎樣的記憶，這樣選擇應該不會有甚麼影響，又可以再試用這程式吧。

在確認訂單後，我立刻就感覺到睡意，好像就這樣拿著手機睡著……

「嗱啦啦啦！嗎啦！吧啦！吧啦！吧啦！」奇怪的鬧鐘聲響起，配搭著窗外滴答滴答的雨聲打落窗戶上。

「嗯……？女神呢……？」從夢中迷糊地醒來的我伸手拿起手機，關掉鬧鐘。

「嗯，又是一個真的讓人不想醒來的夢啊。」

「倒是這個等級二的功能也太敷衍吧？」

我離開床鋪，一手把手機往床上丟，便前往梳洗。

剛剛是真的有一瞬間以為自己中六合彩，要不是還有昨天那樣清晰的失落感，差點再相信這個交易來的夢！倒是說還以為解鎖了一個功能有多麼大不了啊？還想著跟女神也至少……有多點交流！

怎麼居然是中了六合彩，有錢買黃牛演唱會票坐第一排？就這樣啊？這就是出現在夢境嗎？雖說從字面上解釋是對的，但這也太敷衍了，這個爛程式我絕對不會再使用！

雖然有點嫌棄這個夢境與想像的有出入，但確實昨天晚上我也是感受到滿滿的興奮，畢竟再中六合彩後，也盡情地揮霍和享受，而這些感受也不像夢境，彷彿是真實體驗一樣，帶著一點的嫌棄和滿足我又再次踏上上班的道路。

「滴答！滴答！滴答！」急速的雨點下落打到雨傘上。

天空一片漆黑，下著大雨，我提著雨遮低著頭急步走，沒有空環顧周遭的一切，就這樣一路回到公司的大廈門外。

或許是因為雨水打落到衣服上濕透的感覺太不舒服，總感到有點奇怪，不知道哪個地方不對。只好關掉雨傘，想要盡快回到公司裏整理一下。

進入電梯按下「7」字樓層，然後按下關門。在電梯門關上後與到達公司樓層的這短暫時光，我想到了奇怪的感覺到底是甚麼。

今天是星期五，也不是甚麼公眾假期，明明是工作天，我也沒有遲到，應該是屬於繁忙時段有很多人上班才對，可是剛才跟我擠進同一架升降機的人一個也沒有。難道是今天有黑色暴雨警告我不知道？

「叮！」正當我想解鎖手機看看天氣資訊時，電梯響起了「叮」的一聲，到達了七樓，電梯門緩緩打開，那我只好先回公司看看是不是大家都沒上班。我走到公司的大門前，未準備拍卡入公司，只是靜靜地站在公司那玻璃大門看公司內的情況。

「嗯……確實是一個人都沒有呢……」

「不對！這不只一個人都沒有，而是甚麼都沒有！」

我簡直無法相信眼前的景象，我的公司是臨時清盤了嗎？是半夜老闆夾帶私逃嗎？從外面看進去，公司成了一個廢墟，既沒有人，也沒有辦公椅、辦公桌、擺設，甚麼都沒有，彷彿是一座準備拆卸的舊工廠大廈中心，已荒廢很久，再沒有人來過的模樣。

「到底發生了甚麼事？」

我昨天還在上班、還在開會、還在與我的同事們有說有笑，甚至還因為沒有準備好開會資料而被老闆責備。

我抖著手，拿出電話，想要打給老闆了解這一切，希望從他口中能得知他沒有漏夜潛逃，沒有突然把公司結業，我，沒有成為失業人士。

「嘟……你所打的電話未有用戶登記使用。」電話裏只有這句電話錄音。我不敢相信，老闆竟然連電話也停止使用了。這刻我該怎麼辦？是不是該繼續聯絡其他同事？我目瞪口呆的隔著玻璃門盯著那甚麼都沒有的辦公室。

突然，後面電梯傳來「叮」一聲，電梯門打開了。

有一個穿著樸素的長髮女子，雖然不能確定她是否這座大廈的職員，但附近就只有她，我只可以急忙地衝進電梯。

「請問你是這座大廈的員工嗎？」那個女生沒有回應我。

「對不起，我不是甚麼怪人來搭訕的。那個，我是曼陀羅公司的職員，我昨天還在上班，你看我還拿著員工證。你有聽到過甚麼關於我們公司倒閉的消息嗎？因為我剛剛準備上班，卻發現公司好像清盤了？」生怕這個女生以為我在向她搭訕，只好連忙解釋。

「叮」電梯門再次打開，女生沒有回應我，自己走進了電梯。

剎那間，我才注意到她雙眼通紅，泛著淚光，才驚覺七樓是這幢大廈的頂樓。她該不會是因為公司倒閉了，而想不開吧？我急忙追趕出去，但她已經不見蹤影，旁邊有通往天台的樓梯。我立刻向天台跑去，一推開門，我看到了一個落寞的背影……

我不知道為甚麼我會這樣大聲叫喊了一句：

「我可以幫你！幫你忘記一切！」

這個落寞的背影回過頭來……

「如果可以，我想忘記你的一切，不管付出任何代價。」

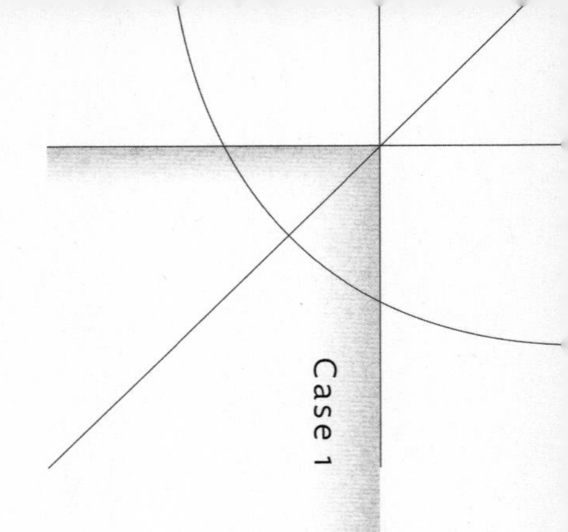

Case 1

遺忘

「她是失憶了嗎？好像很多事情也忘記了。」一個年約二十五 六歲左右的女生這樣問。

「大概是吧，醫生說她是刺激過度致局部失憶。這樣也好，雖然是迷迷糊糊那樣，但最少她沒有整天以淚洗面。」白髮蒼蒼的老婦人微微地苦笑，回應女生的問題。

這個老婦人是我的媽媽，而這個女生是我兒時的好友。

大家都說我失憶了，說我很多事情忘記了，是的。我選擇忘記很多不想擁有的記憶，但還有很多未忘記的記憶，我還需要繼續把這些拋棄，直至我能做回自己。

我是李雅敏，今年二十六歲，中學畢業後就直接工作。

曾經很有目標、對未來充滿憧憬，直到那天……改變了我一生。

「妳是我最好的朋友啊！為甚麼偏偏妳？！」我沒法制止自己像潑婦那樣大聲指罵。

「哪有怎樣？是他主動的。」我最好的朋友用一個像陌生人的態度跟我說，彷彿我從未認識過她。

「算了，我們早就沒感情，不是嗎？」我最愛的男人只說出這一句。

這裏是我跟交往了八年的男友一起租的小窩，從中學時期就走在一起，我深信我們會直到永遠，一直都興幸自己那麼早就遇上對的人，但原來一切都是假的。那天後我每一天都過著行屍走肉的日子，每一秒、每個瞬間都心如刀割。

十年來一直為了他而努力，一切都以他為中心，沒有自己的夢想，一心只有他的我，世界一下子就崩潰了……

我以為我就這樣要結束了我這不堪的悲哀人生，但那一天，我遇上了那個人……

那個早上，我在想自己往後的路該怎麼辦，是不是要一躍而下，結束這不願接受的現實，我站在天台回想過去一切的甜蜜時刻，心裏充滿著過去的快樂，而眼淚則沒辦法停下來……

或許離開才能幫我忘卻痛苦，我閉上了雙眼……

「我可以幫你！幫你忘記一切！」

從身後傳來一把男子大叫的聲音，我緩緩地回過頭。

我不知道這個男子是甚麼時候出現在我背後，但可以肯定的是他只想騙我不要自殺。沒有理會身後的男人，我回頭仰望天空。今天的天氣很好，是特別的好。天空的藍很清澈，雲也比平常看起來更軟，這是在嘲笑我嗎？還是上天給我最後的憐憫，讓我能在最後的時光好好欣賞這蔚藍的天空。

「真的，我知道一個程式能讓人忘記一切。」那個男人漸漸的向我走近。

「你別過來！男人都是不可信的生物！」所有的眼淚傾湧而出，我的視線被淚水遮蓋而變得模糊。隱約看見那個男人在按手機。

「你報警我就立刻跳下去！」也不知道自己為甚麼會說出像電視劇一樣的台詞，但我還是說了。

那個男人舉高雙手，示意自己沒有再按動電話。

「就算忘記一切又怎樣？他都不回來了！他都不回來了！我甚麼都沒有了！八年了！怎可以說背叛就背叛？我錯了嗎？我就想他後悔！是他害死我的！我要他們永遠都活在不幸下。我當鬼也要依附他們，讓他們跟我一樣悲劇！」我不知道自己在說甚麼，大概所謂的不吐不快就是形容這一刻的我吧。

「叮噹！」電話傳來的提示聲。

「你有訊息啊，先看完再跳啊。」男人一聽見提示聲立刻指著我袋子說。

那個男人真可笑，明明是來勸我，居然說出這樣的話？但想著是最後一次看電話的我還是解鎖了手機，在模糊的視線下，我看到了「下載完成」的字樣出現在電話界面。

「奇怪欸，我哪有下載甚麼……」帶著一臉不解的我，看著手機中多了一個看起來很夢幻的程式。

「你不打開看看嗎？」那個男人直接對我提問。

「你傳過來的嗎？這是甚麼？」　泣著的我把手機螢幕遞向他。

「是你的希望。」在模糊的視野下，只聽得見男人肯定地說。

這個時候本應沒心情的我，卻不知為何像聽了這男人的指令般，自然地按進了程式。

「美夢販賣？我沒有東西要賣！我甚麼都不要了！」我看著程式的名字向男人說，但他沒有回應我，只是靜靜看著。

他不回應我，反而令我不知所措，居然繼續按進程式。

打開程式後是一個像淘寶的購物程式？還彈出了初用者教學視窗。我就略略地看了這程式的介紹和教學。這甚麼啊？只要出售自己的記憶就能換取一個美夢？

「我連活著也不想了，還發甚麼白日夢？」我向那男人嗆著。

「你沒有不想要的記憶？」男人認真而沉實地回答。

「你不會是以為我會相信這麼荒謬的程式吧？」我試圖用嘲笑的語調跟男人說話。

男人安然地坐到地上看著我，他卻沒有再說話，只是看著我微微一笑。

或許是因為我有很多不想要的記憶，我明明覺得很可笑，但卻希望它是真的。所有跟那個人有關的記憶，我都不想要了。如果這個程式是真的，那請讓我忘記一切後，重新活著。

「試一下吧，不會花你很多時間。」男人帶挑逗的語氣跟我說。

我冷笑了一下後，擦了擦眼淚。

「如果我按下後沒有發生改變，我就立刻跳下去。」我狠狠地向男人拋下這樣的一句話。

抱著反正我也沒甚麼可以失去的想法，就聽了男人的話，試著使用程式。

如果這程式是真的話，只要把關於他的一切都忘掉了，或許我就能再一次由心而發的笑吧？

首次使用這個程式，我略略地滑了一下能購買的夢境清單。在這個程式中，我能選擇的夢境類型不多，我的等級只有一級，想要解鎖更多似乎需要更高的級別，但這些對我而言都不重要，因為對我來說，甚麼夢境也可以，我需要的是交換夢境而付出的代價，我樂意付出這代價。

輕輕笑了一下，我選擇了一個「跟偶像談戀愛」的夢境。

既然我跟一個渣男在一起談了八年戀愛，那現在也要跟其他人談一場幸福美滿的戀愛，我要把我浪費的青春補回來，即使只是夢也好啊！

接下來我就作為代價去交換我那些痛恨的記憶，可是這程式只可以交換一天的記憶。為甚麼不能一次過呢，真想一次就通通拋棄。

那我就從一切的開端開始忘記吧。

然後，我販賣了我的第一個記憶；八年前，那個他跟我告白的日子。

我在這個陌生男人前使用了這個荒謬的程式。

「就這樣？然後呢？」我確認了訂單後，並未有發生任何事。

「你先坐一下吧，站這麼久不累嗎？」男人沒有看著我只是坐在地上滑動手機。

「然後呢？再沒事情發生我就要跳下去了！」我坐下後繼續向他追問。

坐下後，我的視線比剛剛被淚水遮蓋時變得更模糊，是哭累了嗎……

「可能需要點時間，但你會喜歡的。」這是我最後一句聽到那男人的話。

在逐漸模糊的視野中，看到男人站起來靠近我的身邊，但我的意識也遠去，雙眼就這樣閉上，進入了美夢的世界……

「嗯？怎麼了？」我迷糊地張開眼睛是一片白茫茫的天花。

「你還好嗎？有沒有哪裏痛？醫生！醫生！」眼前那有幾條白髮的我媽那樣大聲呼喊。

「我怎麼在這裏呢？」我有點搞不清狀況。

「我剛才打給你時，醫院的人接聽說你現在在醫院昏迷中，我就立刻趕過來。」我媽一臉快要哭出來的樣子那樣說。

「甚麼啊？我剛剛在跟……約會……啊……就是最近太累而已。」對啊！我剛剛在發夢跟男神在餐廳約會完。

「嚇死媽了！」我媽往我肩上打了兩下。

稍稍地回過神來，坐了起來問自己剛剛那真的是夢嗎？還是現在才是夢？

嗯，現在是真實的，因為眼淚又開始流下來了……

沒法不想起那個人，即使他背叛了我，我還是沒法不想起他，沒法不想起我們曾經一起經歷過的年頭，沒法不想起所有甜蜜的迅間、吵架後的和解、一起出外遊玩、旅行的甜蜜回憶、通宵的電話、一起慶祝節日、在人來往往的街上擁抱、他背叛我的那天……

這一切在清醒過來的瞬間又再次湧上心頭。

「對了！我電話呢？我電話呢？他可能後悔了！他可能找我了！他知道我進醫院了嗎？他有來探望我吧！我電話呢？」我慌張地找我的手機。

「幫你放好了。」老媽打開她的袋子，從裏面拿出我的電話。

我接過手機，看到媽她直拼命的忍著雙眼的淚水。這刻心裏真的很難受，我到底活成甚麼爛模樣，讓我媽那樣難過。

我看著電話螢幕，這裏除了我媽發來的「你還不回家嗎？」、「今晚不回來吃飯？」、再加兩個來自媽媽的未接來電，就甚麼都沒有了。

總是傻乎乎的期待他能回過頭，只要他願意回來我就會原諒他，我居然還這麼傻，我真的好恨我自己。我緊緊握著這個沒有人找的電話，抱著雙腿一直哭一直哭，伴隨在身邊的是跟我一起哭的老媽……

之後基本檢查了身體沒甚麼事，醫生說是操勞過度和有點營養不良，提醒我回家注意休息，辦理一下出院手續就離開了。

晚上回到家中，勉強地吃了幾口飯，就躺回房間了。或許大部份人都有這種自虐的傾向，明知會心痛卻還是故意的要這樣做。

我拿出昔日一起拍的照片，看著我們甜蜜的回憶，那時候還做了很多的相簿，寫下了一句一句的情話。現在看起來也覺得有點幼稚，但當初確實是想好好的把每個瞬間記錄下來。

看著那時候自己的笑容，真的很幸福呢，旁邊的他那時應該是真心吧？是從甚麼時候開始改變呢？還是我做錯了甚麼呢？是我嗎？還是是我不夠好呢？我想不透呢。我是到底哪裏做得不夠好呢？我不知道呢。還是說從一開始他就沒愛上過我呢？腦中一直出現這種的想法，心痛得快沒法呼吸，我真的好想結束一切……

嗯……是呢，我今天就是準備去結束一切的，所以才走到當初他……

嗯？我為甚麼要選擇去那裏的天台……？

怎麼忽然就想不起來……

一定是有原因的，為甚麼忽然想不起呢？

好想忘記了甚麼很重要的事？我再想一下……

今天早上起來，不想窩在家裏就出門口，看著街上的人、一對一對的情侶、或是幾個好友一起，大家看起來都很快樂。為甚麼就只有我一個人在街上，眼淚停不下來？我也是該有朋友、夢想、工作吧？

嗯，不對，我沒有。

這些年來重色輕友的我，早就再沒有朋友了……

還有那所謂的朋友？只是一個背叛者。

至於夢想？嘿……也是太悲哀了吧？

想跟那男人組個幸福的家庭，當個家庭主婦，帶著孩子健康成長……

那就是我的夢想，現在回想起來，這也能作為夢想啊？只是背叛了一下，就甚麼都沒了啊，這夢想也太可笑了。

還有工作？小時候一直希望能當個白衣天使，想幫助別人。就因為他說一句，不喜歡另一半經常沾血，我就放棄了入讀護士學校，直接出來找個辦公室當文員。每天上班打卡，看著無聊的文件和敲打鍵盤，一天一天就過去。

現在我也想找人來救我。哈哈，在擠擁的大街上，臉上都是眼淚。

「還不如死了算吧？反正時間都跑了，甚麼青春時光都跑了，死了一了百了！」帶著這個想法我一直在街上遊蕩。

我抬起頭看著天空，今天的天氣真的好藍，陽光明媚，微風吹過臉上真的好舒適，大概在這美麗的風景下，最大煞風景的就是我這張哭臉，陽光刺熱的直射到我的臉上。在一剎那間我在光線中，好像看到了一個男人在直直的盯著我，我稍為用手遮掩一下陽光，卻又看不見他了。

我沒有理會繼續的走著，也不知道是何時我就來到了這座熟悉的大廈。

這大廈是有某種意義的，這點我是知道的，然而這個時刻我卻想不起是甚麼原因，但這不重要，想不起來的事就不是甚麼重要事。可能因為今天是星期天的關係，這裏似乎比平常少人。我走進了這個熟悉的地方，臉上的淚水又再次開始流下。

這裏是科研的企業大廈，平日都是在上班的人，當然假日也是有人在上班，但人數會較少，只是假日會有幾層開放公眾參觀，也包括天台花園。我坐上電梯，直接就上來到了天台花園，可能是因為這裏是科研企業，所以天台也特別漂亮，有很多能源甚麼設施的。我對這些不太了解，畢竟我只是個普通人來參觀。

我坐到露台邊看著藍天，被背後的太陽能電板反射的光線射著。這刻我覺得我不想死，可是下一秒腦海回憶起甚麼。是甚麼呢？似乎是很痛心很痛心的回憶，淚水比剛才、比之前的任何時刻都更崩潰的流下來。

「到底我想起甚麼了？」

「還是死了算吧？我死了你一定會後悔吧？會發現自己還愛我？會覺得自己做錯？會覺得自己害死我？你們也不會快樂！你們不可能幸福！我做鬼也不會放過你們的！好！我就死在這個地方！」我一下子就從露台爬上去準備一躍而下。

原來人在就很重要的決定時，只是需要一點衝動，根本就甚麼都不用想；或者說不管想了再多，到最後作決定時，也只需要那一點的衝動就能推翻之前計劃了的一切。

我閉上雙眼，準備與這個殘酷的世界說再見……

然後，那個改變我、重新給我希望的陌生男人就出現了。

對！是那個男人，就是那個男人！他讓我用了那個甚麼夢程式！說能把不要的記憶賣走，我有忘記甚麼嗎？如果能忘記的話，為甚麼心還是那麼痛？為甚麼眼淚還是會流？

我拿出手機，這個程式居然還彈出通知的視窗？

「恭喜你，完成了美夢販賣器的初次體驗，

你現已進級為等級二之會員及獲得12分積分，

系統已為你解鎖更多功能。」

這太好笑了吧？是的，我確實夢到了跟偶像去旅行，還超級真實，但又怎樣？我還是想起他？我有忘記甚麼嗎？我忘記了甚麼啊？

不對，我好像是有一點很重要的忘記了。

我今天為甚麼會去到那座大廈？我又不是在那邊工作，他也不是。為甚麼呢？

我……似乎是忘記了甚麼？

我翻動程式，再一次仔細看程式的說明。

「美夢販賣器、用一天的記憶來交換一個美夢。」

這是說我今天的交易是只忘記了一天的意思嗎？那我只要繼續用下去，一天一天過去就能忘記一切重新開始吧？

我翻開過往的照片、過往的回憶，都一一湧現，選擇了一個又一個的紀念日作為交換美夢的代價。讓自己的記憶越來越少、越來越零碎，這樣我的心好像就不那麼痛了。

日子一天一天過去，我似乎忘記了很多東西，忘記了所有重要的紀念日，可是這還不夠，我還需要忘記更多的，我要把那人徹底忘記，然後重新開始活著。

重視我的人、我重視的人，就請再等我一下吧，很快我就可以變回遇上那人之前那個對世界充滿希望的我。

・・・

「一個男人、一句說話、一個程式，我好像再有希望了。」

「人生有一半時間都在睡吧！在現實中做不到的事，在夢境中實現就行了。對我來說，夢才是真實。」

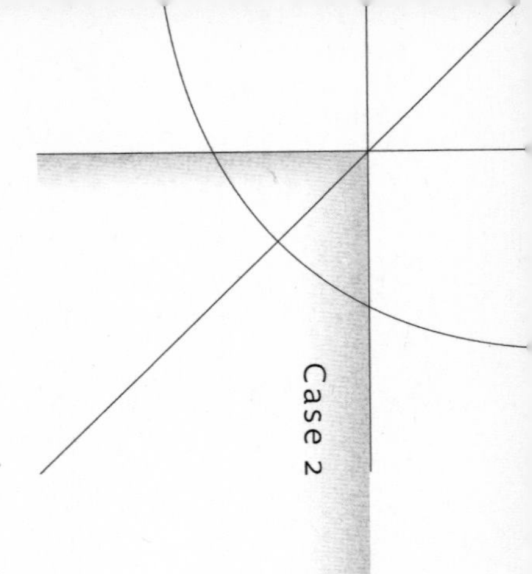

上癮

「你給我起來！每天都只顧睡覺，怎會生出你這種廢物！」老女人一直對著床上的男人呼喊。

「真是惡夢。」床上的男人不情願地從被窩中醒來。

我是張雲祥，中三畢業，二十八歲，現在在貨倉做運輸工作，轉過二十多份工，沒甚麼擅長的技能，沒交過女友，也沒任何上進心，每天得過且過，就是那種一聽就知道是沒「錢」途的人。本以為我會就這樣頹廢的過完我這生，直至那一個程式的出現，改變了我。

那個中午，在貨倉跟其他同事聊天，說他弟開了一家酒吧，叫我們晚上一起去酒吧玩。其實我活了快三十年都未有去過酒吧，除了平常去大排擋飲兩口啤酒外，我也很少飲酒，但想著三十歲人一次酒吧也沒去過好像太不濟，就答應了一起去。

晚上，我第一次來到了這種地方，也不知是甚麼原因我居然有點緊張，比約定時間早到了。我在店外想等齊人才進去，就有人在後面拍我的肩膀。

「先生，等朋友可以先進來坐啊！我們店新開有很多優惠！」從店內走出來的男店員用燦爛的笑容的跟我說。

「啊，不，我是大力的朋友。」我立刻解釋一下。

「喂！哈囉！我就是他弟啊！叫我 Alex 就可以！那就是自己人了，不用那麼見外，先進來坐啊！」他弟弟超級熱情地搭著我肩膊帶我進去。

「先坐這邊吧台，我收拾一下，待會他們來到就可以直接轉過去坐大枱。」他邊示意我坐下邊走開。

我是真的第一次來酒吧，雖然平時有在街逛的時候路過一下，還有在電視看過，但原來實際來到這裏跟我想像中不一樣。一直以來，我對酒吧的印象都是那種所有女人穿著低胸晚裝；男人都是西裝筆挺，環境超吵的，沒想到來的人還真是挺普通。

當我正四處觀看時，突然看到一個長髮、身材超好而且高佻、穿著一身紅色低胸晚禮服的美女，這就是我想像中酒吧會有的女人。一不小心就跟她對上了眼，而她好像也發現了我看到她，向我微微一笑。

連平常去買飯盒的店員也不會跟我這樣笑，我有點害羞的笑一下。沒想到她下一秒就朝我的方向去過來，還招我揮手。

根據我多年的經驗，一定是我後面有人，她在跟我後面的人打招呼，於是我立刻回過頭看。居然是沒有人的？

「我在跟你打招呼啊。」眼前這個美得像明星的女子用一把超性感的聲音跟我說。

「哎、嗨……」一時不知所措只好尷尬的揮手打招呼。

「我可以坐下嗎？」她用超甜美的笑容那樣問我。

雖然能隱約感受到她不是真心的，但一輩子未被美女搭訕過的我還是欣然接受了她，哪怕她是來騙財的，我也是沒錢，所以沒甚麼好擔心。

「嗨，我叫 Vivian，你叫甚麼名啊？」她的笑容近看發現有點虛偽，但沒關係。

「我，我叫 Peter。」我隨口說出一個英名文，之後一秒就後悔了！

我的媽啊，好說不說怎麼把自己小學的英文名說出來呢？但我英語有限，說自己叫阿祥又太老土的感覺，下次來這些地方先查一下字典好了。

「喔？我有很多朋友也叫 Peter 呢。很高興認識你。」她微微一笑那樣說。

她、她居然沒有嘲笑我。我要把剛剛覺得好很虛偽的想法收回！她不是那種人，她是天使！不！她是女神！她就是真正的女神！我遇到女神了，感謝神！我以後會好好做人的！

「你是第一次來酒吧嗎？」她繼續用天使般笑容跟我說話。

「是、是的。你呢？你看來常常來？」我有點緊張的想要接她的話。

「偶爾吧。通常是工作。」她看著我雙眼。

我的媽啊，難道她是那種工作的？難怪會這麼主動！但我可以！我接受！這種程度的我完全接受！只是應該很貴？但人生嘛，總要豪邁一次的。但我沒甚麼積蓄呢，但真的好想，就一次的話可能也夠吧。

我沒法停止自己的腦中充斥著這樣的思想。

「你不要亂想啦！我是來做調查而已。」她用看穿了我的眼神，繼續微笑。

「哈哈。怎會呢！」嗯，我心虛了。

「難道你是警察？調查甚麼毒品罪案？」該不會真的像電影裏的情節，穿著性感的臥底女警，然後她裙擺下就是槍。難不成我即將就會捲入槍戰、黑社會殺人的場面？然後我中流彈？短短二十八年的人生就要結束了？

「不是啦。只是產品推廣，然後做一些使用後的調查。」這一下她分心看著別處。

「是化妝品那些嗎？」我試圖抓回她的注意力。

「嗯，差不多吧。」她回過頭看我，再配上一個天使的笑容回答。

我有點尷尬地笑了一笑。

「不用怕，我不是來銷售的，就想交個朋友。你不點東西飲嗎？」她拿起吧台上的餐牌。

「我等朋友來的時候再一起點。」我回頭望望 Alex，才發現他已經收拾好位置，大概是看我跟美女聊天沒叫我吧。

「這樣啊，你是做甚麼工作的？」她好像對我挺有興趣的感覺。

「做運輸業的。」不知道加了一個業字，聽起來有沒有霸氣一點。

「哦，不錯啊。你有女朋友嗎？」她笑容稍為收起來了，但似乎是真的很好奇。

「沒有啊，我這種人怎會有女朋友呢，哈哈哈哈。」該不會我沒有女朋友，你要當我女朋友嗎？還是先不要想太多，萬一真是這樣那發展也太快了，我其實也是個有點保守的人，甚麼閃婚之類那些我也是不支持的。

但，如果是眼前的這美女其實也不是不可以的。

「那你平常都喜歡做甚麼？」她打斷了我腦中的幻想，專注的看著我。

「也沒甚麼喜歡做，通常都是在家裏上網、打機、看影片之類吧。」本來想裝一下說自己平常喜歡看書，但這也太假了，假到我說不出口。

「你有甚麼很想做，卻沒有做到的事嗎？」她拿起手機滑動，難道是覺得我剛剛說的日常很無聊，覺得我很廢，開始對我失去興趣了嗎？

「有啊！太多了，其實啊，我這人也很有夢想，很有目標的。就是身邊一直都沒有機會！可能就是缺點運氣啊，我也挺有能力的。」為了讓她改觀，只能努力的推銷一下自己。

「那就是說你如果有機會也是會嘗試很多不一樣的東西嗎？」她突然再看著我，看起來有一點期待。

「當然啦，我這人最喜歡新事物，甚麼都喜歡試的。」挺起胸膛我就那樣坦蕩蕩的對她說了。

「那就太好了。」她看一看我便留下一個燦爛笑容，然後揮手叫了一下調酒師。

「麻煩你給他一杯……你想飲甚麼？」她側著頭望向我。

難道她在考驗我？也不要太小看我，我可是看星爺大的，嘿。

「一杯 Dry Martini，Thank you.」大概一輩子沒有這麼帥過。

「算我的，謝謝。」她向調酒師作了一下手勢。

「那麼我們有緣再見嚕。」她站起來搭了我的肩膀，然後頭也不回就走了。

我，完全失敗了嗎……

這時我才發現原來大力他們都到了，還在後面一直看著我出醜。唉，算了，又不是第一次，其實我早就習慣。我走回大力那圍一起坐，他們就開始起哄。

「不要笑了，我已經很慘。」是打從心底覺得自己很遜，但沒辦法還是要硬著頭皮著無事得在笑。

就這樣喝到大半夜，可能是因為剛剛太丟臉，喝多了，就這樣醉薰薰的被其他人送上的士。

「喂！起來喇！都幾點了？你不用上班嗎？」一邊呼喊邊拍打我被鋪的老媽那樣說。

「你打到我女朋友了！」我一手擋著媽的攻擊。

「都幾點了？還在發白日夢！」我媽超兇的對我說。

「甚麼？」我拉開被鋪，才發現旁邊並沒有人！

「快起來洗臉刷牙上班！」她拋下這句話便離開房間。

奇怪了！我剛剛明明還抱著昨天晚上的女神一起睡啊。為甚麼不見了呢？難道真的是發夢嗎？但沒有理由啊！如果是夢，這也是一個太真實的春夢了吧！我偷偷打開被鋪看了一下，幹！真的是一個真實的春夢。

我起床開始洗臉，頭還有點兒暈和痛，大概是昨晚喝太多了。只是我明明記得昨晚回家的路程上，那個女神突然跟著我上了的士，和我一起回家了。怎麼會只是一個夢呢？真可惜！

回到貨倉後，聽見大家還在為昨天我被美女甩了的事情在嘲笑我。我只好衝上前解釋清楚，那個女生是來騙我買東西，但因為我沒有受美色的誘惑便拒絕了她，所以她計劃失敗才離開的。我這樣說明明就合情合理，但他們卻依然要在笑話我。算了，不跟他們計較，就只好埋頭苦幹工作到下班。

整天心情也沒有好過，晚上回到家中也就吃了點飯，然後一直窩在房內看影片滿足自己。直到差不多準備睡覺的時候，電話突然傳來提示聲。

我解開手機的密碼鎖，卻收到了一個來自名為「美夢販賣機」的程式傳來的一個新通知。

「奇怪！我甚麼時候下載過了這樣的一個程式？」帶著一點懷疑我打開了這個手機程式。

程式一開就彈出了這樣的訊息：

「恭喜你，完成了美夢販賣器的初次體驗，

你現已進級為等級二之會員及獲得7分積分，

系統已為你解鎖更多功能。」

「甚麼？這是甚麼鬼？」我也是一臉懵懂，實在不知道這東西在說甚麼。我關閉了提示通知，才開始看看這到底是甚麼程式。看它的格局是滿滿的商品，就知道是一些購物程式。我甚麼時候下載了這樣一個程式啊？我一向都不用甚麼網購的，更何況我是一個連信用卡都沒辦法通過申請的人。

「我都沒有用過，哪來完成這個神經初次體驗啊？難道打開程式也算是完成了甚麼新手任務嗎？把人當傻子啊！」我準備把這個程式刪掉，卻看到有一點奇怪。

這裏售賣的商品似乎有點不妥。在選購的商品圖片看起來都是迷迷糊糊的，並不是真的有甚麼商品；而且，商品的名稱更奇怪！像這個圖片似是獎券卻又朦朦朧朧的圖片，它的商品名稱是叫做「中六合彩」；還有這個圖片是一個皇冠的樣子，商品名稱是叫做「成為國王」；還有一些奇奇怪怪的。這些都算是甚麼商品啊？這些都太奇怪了吧！該說的是，這些東西都能怎樣賣啊？

雖然覺得這程式很古怪，但卻又沒有立刻把程式關掉，因為它古怪到沒辦法讓人不好奇它到底是甚麼葫蘆賣甚麼藥，所以我想到了最直接的辦法去了解它，就是我買一樣東西就可以。

我就在這一個又一個奇怪的商品中，選了一個與我自己夢想最接近的，就是「成為富翁」！反正都只是一場夢，那我當然要選擇一個最期望的商品吧。

於是我選擇了成為富翁這一個商品，然後我選擇了下一步。這一步比上一步更讓人不相信，它出現了一個時間選擇的頁面。我可以隨便選擇一個日期，還能選擇時、分、秒？這是怎樣啊？而且是只能選擇過去的日子，這東西真的好奇怪。

可是來到這一步，我腦海好像忽然飄過了一點零碎的畫面？好像昨晚我躺在的士的後座時，也有滑動過類似的東西？應該不會吧。那我選一個舊一點的日子好了，選擇完後在下一步的頁面，它出現了一個奇怪的小清單？

「請確認你的訂單」

選購的夢境類型：成為富翁

販賣的記憶日期：2010年6月5日03時00分00秒

＊請於按下確認後盡快入睡，

如未能於二十四小時內入睡，

當天將不會出現美夢，而已販賣的記憶將不獲退回。

嗯？我雖然不是甚麼聰明人，但我想我應該沒有理解錯誤吧？它是在說我要賣掉從前的記憶，來換取一個成為大富翁的夢境嗎？請問這個程式是在搞笑嗎？

我就按確認看看你會怎樣！反正又沒有甚麼損失的，我根本就不記得販賣那天是有甚麼記憶。正確來說，你問我三天前我做過甚麼我都記不起，記憶對我來說一點都不重要，我就來看看你到底是真的還是假的。

按下了確認後，程式出現了一句：

「祝您有個美夢！Have a nice dream！」

也是這一刻，我突然覺得好睏好睏，睏得眼睛都打不開了……

「起來喇！這麼大個人每天還要媽叫起床，你丟不丟臉啊？」站在床邊拉起被鋪的老媽這樣說。

「我好端端的在歐遊你幹嘛呢？」我被嘈吵的叫聲打擾而起來發爛。

我媽已經懶得再理會我的夢話，看到我起來了就走出房門。

被她叫一叫我又再次回到這個貧窮的現實上，如果可以真想一輩子都不醒來。昨天的夢，我是一個典型的富豪，每天過著吃喝玩樂的生活，身邊多的是女人。儘管是為了我的錢而來也沒關係，總比現在的我是一個既單身，又沒錢、沒顏值、沒女人來的好。

想了想我才忽然想起，我是因為昨天用了這個程式，所以才作了一個這麼真實又合我心意的夢嗎？想到這裏我拿起手機，想打開那個……

忘了叫甚麼名字的賣夢程式。

可是不管我怎麼翻動手機，也找不到這個程式。難道從我打開這個程式開始就已經是夢的開始了嗎？啊……好奇怪啊。

「對了，我有忘記了甚麼嗎？好像沒忘記吧？」我很認真的回想昨天我販賣了的記憶，但我選了幾年前的記憶，其實真的記不起了，不關那個程式事，單純的是太久以前我根想不起來。如果這個程式是真的話，那其實也沒甚麼損失吧？反正都是用一些過往想不起的記憶，就能換一晚有個好好的夢，如果它是真的話，我以後每天都用它。但可惜的是現在也沒有找回這個程式，那也是沒有意思吧。

「沒有忘記到記憶、也沒有找回那個程式，也沒甚麼好說的，上班。」

有點失落的我默默起來繼續我這沒未來的無聊人生。

一日復一日，每天工作到累；晚上回家看看電視、打一下遊戲，又結束了一天。這樣的人生到底還要持續到甚麼時候？難道這就是我想要的人生嗎？難道我要這樣過活一輩子嗎？一直這樣想著、想著、想著……

「叮！」手機的提示音響起了。

「你有一則來自『美夢販賣機』的通知！」手機的螢光幕顯示了這個訊息。

「這個名字有點熟悉！」我稍為想了一下。

「這不就是之前那個甚麼記憶換夢的程式嗎？！我還以為是假的！」我急不及待解鎖了手機，打開這個程式。

點開程式後它又彈出通知：

「美夢販賣機1.2版本已更新。閣下目前的等級為2，積分：7分」

我一臉不解，這還有更新啊？這真的是甚麼手機應用程式嗎？我暫時先不管這些了，因為最近我也沒作過甚麼好夢，平日也沒遇上丁點的好事情，先讓我好好的睡個覺，作個好夢就行了。

這次我仔細留意在這個程式中能使甚麼特別的功能，發現除了不同的夢境商品外，我似乎還能夠寫下想要出現在夢中的人的名字。只是我這輩子也沒有哪個誰是特別喜歡的。

就除了那天在酒吧見過的那女子，雖然我跟她只見過那麼一次面，但我從那天後卻一直想起她。只可惜的是我根本不知道她的本名是甚麼，就知道她的英文名。如果只寫下英文名，不知道會不會夢到她呢？先不管了，試一下也無妨。

我像之前使用程式那樣選擇了幾年前的記憶，才發現之前已販賣了的那天在選項中會直接消失了那天的時間。但因為這個程式是細緻到可以選時、分、秒，它居然就從我賣了的那秒開始算，往後二十四小時內的時間都沒了，雖然不明白這有甚麼意義，或許是想讓人覺得這個程式很厲害很仔細？算了，反正與我沒關係，我就順著它賣掉就好了。我現在只想要做個好夢，讓我過好今個晚上。

確認了訂單後我立即躺上床準備睡。這次我依然是想要成為富翁，因為對我來說在世界上沒有比錢更吸引我的東西，也沒有比擁有花之不盡的錢更幸福的事。我希望這個夢境能接著我上次的夢，因為那時我帶著美女群去了歐遊。說起來我也悲哀，在這個年代，我活到二十八歲了居然也沒坐過飛機，說出來也真是笑死人。所以很想一直去不同地方玩，過著奢華的精彩人生。

就這樣期待著我的美夢，我又安靜地入睡了……

「嗶嗶嗶嗶！嗶嗶嗶嗶！嗶嗶嗶嗶！」床邊的鬧鐘一直響著。

「幹嘛放個鬧鐘在我旁邊？」被鬧鐘的聲響吵醒了的我，一手拿起旁邊的鬧鐘摔到地上。

「每天都要叫你起來給你罵，我也累啊！管你摔爆鬧鐘啊？快起來上班！」隔著房門聽到我那老媽不耐煩的咆哮聲。

「上班上班，每天只知道要我上班！不過是怕我不準時給家用啊！」不情願地起來把地上那個剛剛被我狠狠摔了，卻還一直在響的破爛鬧鐘拾起關掉。

接著我就清醒了！

「這次能確定是這個程式給我一個美夢了！」我興奮的自語自語起來。

昨天我在美夢販賣程式那裏輸入了的是要成為富翁，而且我還輸入了之前酒吧認識的那美女英文名。我昨晚的夢就遇上她了！雖然夢境並沒有緊接著上次的夢，只是大致上地重複了上一次夢境，但這次卻多了她在我的夢境中！整天晚上我也過得風流快活！

「我以後每天都要用這個程式！以後夢境才是我的真實世界！」我對自己立下了這樣的目標。我這刻才覺得自己有了生存的意義和目標。

雖然可能每次都重複一樣的夢境，但反正我醒著時的人生也是每天上班打卡、下班打卡、回家、睡覺又一天。與其無聊的重複人生，倒不如高高興興的作夢，起碼每天有一半時間是快樂的！

只是當我打開手機卻又沒有找到這個程式，到底去哪裏了？為甚麼每次用完了到天早上起來，它都消失不見？難道它要晚上才會出現嗎？不會吧！

「你是不是不用工作了！？想在家裏窩到甚麼時候？想要當乞丐對嗎？」房外的煩人老太婆又開始在嘮叨。

「行喇行喇！別吵了！」我覺得自己總有一天會再也沒辦法忍受這煩人的老媽。

我真的好想一直睡一直睡，睡在那美麗的夢境中，不用再面對這些煩擾的人和那一日復一日的無聊人生。

好不容易又捱過一天到了晚上，我躺上床滑動手機，始終還是找不到我那念念不忘的美夢程式，就這樣的一直在滑手機滑到半夜。

「叮！」手機的提示音響起，還彈出了訊息。

「你有一則來自『美夢販賣機』的通知！」

我的天啊！我終於等到你了！看到時間顯示是「00：00」。該不會是這個程式要到晚上十二點才出來吧？哈哈。可能真的是？我因為平常工作太早起加上體力勞動，一般睡覺時間都在十一點前……該不是我一直以來都睡太早，所以才一直沒遇上這個程式吧？

不，這些都不重要的！對我那說最重要的只有我的夢！

我打開了程式，發現它發來新的通知。

「恭喜您已升級為等級三之會員，

您現時的積分26分，

系統已為您解鎖更多功能。」

「又升級了？這遊戲還蠻容易升級的啊？」覺得這不思議的古怪程式能用遊戲來形容，好像每次使用後都是通關成功為我升級那樣。

雖然我想立刻就準備睡覺，進入我的美夢，也是我又很好奇到底這程式還能為我帶來怎樣的功能。於是我稍為到處按了一下，找到了一頁是關於每個等線解鎖了的功能，但卻未有寫上未解鎖的功能，以及如何解鎖下一等級，或要儲滿多少積分才能進下一級等。

按進「已解鎖的功能」的頁面，它顯示了：

「等級一：

可選用基本的夢境情節。

第級二：

可輸入指定人物於夢境情節。

第級三：

可選購「續夢」以繼續上一次使用時的夢境。

（尚未解鎖更多等級）」

「啊！我的媽啊！太好了！」還以為要想上次那樣，只能夠作差不多的夢境，每次都是在剛到外國旅遊就比現實打擾了！還好我這麼快就能有新功能。這下可好了，每晚都按續夢的話，我就能持續地一直當富翁了。

在那天以後，我每天都在使用這個程式，每天都期待著晚上的到來。對我來說，夢境比現實更真實。我開始把夢境的世界當成我真實存在的地方，那裏沒有煩人的老媽、不用勞累的工作，所有人都喜歡我，就像是仙境一樣的世界。

人嘛，不是醒著就是睡著，不是嗎？那我睡著就好了。

不知不覺我使用了這個程式一年，交換了一年的記憶。我不知道自己都忘了甚麼，因為我是很分散的選擇記憶。但這年我都一直在使用續夢的功能，我沒有再升這級，就一直停留在等級三。醒著的時間感覺更像做夢，在做一個惡夢。

「你給我起床！每天都睡十二個小時你想怎樣？！像個廢物一樣！快三十歲人還不思進取！」一在惡夢中又聽到一個老大婆的怒哮。

我已經很久沒有回應過她，因為這只是一場惡夢，待夢醒了就好了。

在這個惡夢中，我好像還要工作，但我開始不理解我到底要做甚麼、到底我需要做甚麼？我身邊的人為甚麼常常變換、老是出現的陌生人……我越來越多的不懂得。但我不想深究了，只要我還懂得操作這個程式、只要我還能繼續續寫我的美夢，那就足夠了。

「夢境裏的一切，會是真實嗎？」

CHAPTER 2

不解

第二章

「咖噗！咖噗！嗶架！畢架！」手機的鬧鐘聲持續地響著。

某一個瞬間，男人突然被這響鬧聲吵得驚醒。

「啊！！！！」男人一下彈了起來，手機的聲響還在響著。

「怎麼了？！怎麼了！？」男人在床上坐起來。

大概在醒來後，鬧鐘繼續再響了一分多鐘，男人才回過神來。

「幹，頭痛死了。」男人單手按著額頭，另一手把手機的鬧鐘關掉。

男人往窗外看著，是一個下雨的天。雨水一直「滴嗒」、「滴嗒」打在窗外。

「我剛剛是怎麼了？居然夢到公司倒閉了！它千萬不能倒閉啊！沒了它，我要睡街上可不行了！」男人邊說邊滑動手機。

本來已開始清醒的男人一下子沒法相信自己的眼睛，或許是自己還在做夢？或許自己是記錯了甚麼？

「2018年10月20日07：05」男人看到手機顯示的日期，覺得難以置信！

「神經病嗎？我睡兩年？昨天還是2016年啊！」男人理解不到眼前的情況，開始回想起來……

「昨天晚上，不對啊！我昨天沒有晚上？！」

昨天的記憶是這樣……

我用完那個甚麼「美夢販賣機」後就睡了……

睡醒回公司，發現公司不見了……

然後看到了一個不明的女子……

她看起來要做傻事……

我就跟著她……

「我可以幫你！幫你忘記一切！」……

我好像這樣說了？為甚麼？

我記憶就到這裏……

「嗚……頭好痛！」我雙手按著頭兩邊，第一次這麼頭痛！我到底怎麼了？！

雙眼開始變得模糊！但在隱約的視野中，我看見這個地方……

「這……這裏是哪？這不是我的家……這是誰的家裏……」我這刻才發現自己在一個不知名的環境。我不知道這是誰人的家，這裏有一點陌生卻又好像很熟悉，好奇怪！

頭很痛、痛得快要撕裂似的，我雙眼開始對焦不到……

我試圖想拿電話幫自己叫救護車……

「叮！」剛傳來的訊息，來自「美夢販賣機」。

訊息阻礙了我撥打緊急電話……

我……來不及報警了……我、我想我的生命要在此刻終結……

男人緊握著手機昏倒在床上。

他手上的手機螢幕顯示著：

「恭喜您已升級為等級7之會員，

您現時的積分1831分，

系統已為您解鎖更多功能。」

「咖噗！咖噗！嗶架！畢架！」手機傳來鬧鐘鈴聲。

男人再次被鬧鐘喚醒。

「我在哪！？」男人瞬間彈起，環顧四周。

「是我家啊。」男人稍為平靜下來，拿起電話。

「今天幾號？！」男人緊張地看著電話螢幕。

「2016年10月9日07:05」

「這次對了。」男人終於真正地鬆了一口氣，緩緩地起床。

「所以說今天是星期日，不用上班！外面是下雨天，還好今天不用出去。剛剛一下子發了兩個那麼恐怖又真實的夢，心血少一點的話我恐怕已經死了！真的是暴斃在床上那種！還要不知多少年才被發現！」這刻男人終於安心了。

「倒是好奇怪啊？這兩個夢真的好真實！等等！我昨天不是用了『美夢販賣機』嗎？怎麼不是美夢啊？！我就知道啊，之前兩次都是巧合吧？因為日有所思，夜有所夢，我太想中六合彩才會作了那樣的夢！對吧！一定是這樣！」我一邊在吐糟那個不知明的手機程式，卻一邊在手機上尋找它的蹤影。

但跟之前一樣，這個程式又再次在我手機上消失不見了。「或許它是我幻想出來的？」又再次出現這樣的想法。總覺得現在的記憶亂七八糟，不知想怎樣的感覺。

我決定上網找一下會不會有關於這個程式的資訊！畢竟在這個網絡發達的萬能時代，沒有甚麼是在網絡上找不到的。說不定我上網一找就能找到有關它的一切！也可以確定它是不是真實存在啊！說不定這個程式還能上網下載呢？！

一直在思考著到底怎樣才能再找到這個程式，和到底這個程式是甚麼東西，我開始在網上搜尋哪裏能下載這個程式。只是我始終沒有找到，還一直出現那些不相關的搜索結果，甚麼安眠枕啊、讓你有個美夢、睡眠記憶法，都是我沒興趣知道的東西，真正想查的資料卻一個也沒有。

正開始想放棄，準備接受這一切都是我幻想出來這個事實的時候，在搜尋品中卻又出現了一點希望。

我找到一個熱門討論區中的帖子，找到一個是有關於討論這個程式的帖子，他們似乎在討論「美夢販賣機」這個程式，而且留言回應的人似乎也不少！看到這個帖子，我也是安心了。最起碼這個程式是確實的存在，而不是我自己幻想出來。

我先從帖子的首樓開始看，帖子是由一個叫 R7 的人發的。

發出帖子的時刻是三個月前，才三個月前嗎？！

「有人有聽過或使用過一個叫『美夢販賣機』的手機程式嗎？是靠賣掉自己的記憶來換發一個好夢！」這是帖子的首樓內容。

按照這個帖子的發起人形容，說的毫無疑問就是我遇到的那個程式！

於是我再在帖中看看其他人的留言，試圖在中間找到一些相關的資訊，讓我能更加清楚這個可疑的程式。可是這張帖子雖然有蠻多的人回應，但大部份的留言都是這些。

「樓主的想像力真好啊！」

「如果有這樣的程式我也想試試！」

「科技上也不可能做到吧？」

「期待樓主更新故事！」

「用太久會不會變成失憶了？」

大部份的回覆都是一些沒有用過的人留言，這些回覆對我了解這個程式一點幫助都沒有。直到我看到很後才找到了一個稍為相關的帖子，而且個案也比較詳細。

「這是我朋友的故事，她某天突然很高興地跟我說她手機突然出現了一個不明的應用程式。

說那個程式給她的感覺很夢幻，而按進去後也有很多很不可思議的商品選購。就像平時我們使用的網上購物程式格局，挑選好合適的貨品後，就能下單結帳。但這個程式的收費不是金錢，而是讓你選擇過去某一天的記憶作為交換。一旦確定當天要有哪個夢境，睡醒後就會忘記了選擇販賣的那天的記憶。

她是那樣告訴我的，但當我問她那個程式是從哪裏下載，她卻沒有告訴我，說是每晚都會自然出現在電話，販賣單確認後程式就會自動消失不見。

最初我以為她是在跟我開玩笑，但後來我開始注意到，她的精神狀態一天比一天差。我問她是不是沒睡好，她卻說自己每天一回到家就睡，每次都睡上十二個小時。我問她要不要看醫生，她卻堅持說不需要。

然後，她開始越來越疏遠我，好像很陌生，之後連見面也再沒有了。我試過到她家裏找她，她家人卻說她失憶了。我就跟她家人說有這樣的程式，有可能跟她失憶有關，卻被她的家人當成瘋子趕走了。

現在看到樓主你這個帖子，或許我當初就應該相信她說的那個程式，可能可以早點阻止她。」

這是我看到最相關的一個帖子，而且也算是一個真實的個案描述，至少從這個個案中我可以知道的事，這個程式是確確實實的存在，而且它並不是只是出現在我身上，還有其他使用者存在。

我很想知道，到底為甚麼會有這個程式出現，以及為甚麼這個程式會出現在我身上。還有就是，這個程式給我的似乎不單單只有美夢，似乎還讓我的思緒變得混亂。

到了晚上，我把手機一直維持在充電的狀況，為的就是確認它確實是要到晚上才出現。就在電話螢幕時間顯示由「23:59」轉成「00:00」的那一刻，「美夢販賣機」的按鈕同步地出現在我的手機裏面。

我對眼前發生的事情感到有點難以置信，但我還是要盡快冷靜，打開程式。同時我告訴自己雖然未能確認，但先記錄這一點。

「程式會在每晚十二時出現。」

點開程式後我一直問自己，到底還要不要使用它。說實話我並未有沉迷在這程式中，即使它的夢境多真實、多夢幻，但對我來說它終究是一場夢。而且在使用了這程式後的兩次，感覺身上都好像怪怪的，甚至是我自己的記憶和狀態都很奇怪。繼續用下去可能我也會出現記憶混亂、思緒出錯的問題。

我的內心異常地不安，我沒法不繼續推測和阻止自己想要調查這個程式的背後秘密。它的存在一定會發生嚴重的後果，我很想阻止它的發生。大概我也是生平第一次會有這種想幫助人的想法，因為不管這個程式怎樣了，其實只要我不使用就可以，但我卻很想很想找出這個程式的源頭，我想清楚知道這個程式的一切，因為我有太多不好的預感，而這份預感讓我由心底覺得可怕。這份不安是我從未有過，我必須調查清楚這一切……

「我必須阻止這一切！」我的腦海不停冒出這個想法。

就這樣，我繼續打開程式，我在想到底要怎樣才能更了解這個程式呢？難道只有使用它？能從網絡上找到的資料並不多，但如果一直使用，或許我只會一直失去記憶，但甚麼都沒有成功調查出來，這樣的話就本末倒置……

「對了！我可以先把記憶寫下來，那就算我睡著忘記了也沒關係！」我想到了這樣的一個方法，防止自己變成一個失憶的人。那就可以用最近的日子開始，因為這樣我才能更仔細把整天的事情記錄。而且按照程或的守則說法，與「美夢販賣機」相關的記憶是不會被消除的，這樣正好！我就從開始用這個程式的日子開始販賣！我就賣今天。

我隨手拿出一張紙，開始記錄今天一整天的事，連大概發生的時間都寫下。只是今天作過的夢也需要記錄下來嗎？似乎也是先記錄下來比較好，畢竟這程式跟夢的關係是不可分割的。於是我開始把這天的大小事項，連甚麼時候去洗手間、吃甚麼、外賣打幾號電話都記錄下來。

把這一切都寫好後，我把這張紙放在床頭，為的是讓自己醒來還記得自己昨天做了甚麼。

「致 2016 年 10 月 10 日的自己，昨晚為了進一步證實『美夢販賣機』的功能，所以你賣了 10 月 9 日的記憶：這是你昨天大概的行程。」

在那張整天的紀錄紙上，我貼上了一張黃色便利貼向明天的自己解釋，之後便確認了我的訂單。

「請確認你的訂單」

選購的夢境類型：隨機

販賣的記憶日期：2016 年 10 月 09 日 00 時 00 分 00 秒

＊請於按下確認後盡快入睡，

如未能於二十四小時內入睡，

當天將不會出現美夢，而已販賣的記憶將不獲退回。

在仔細看過每一個夢境商品後，我選擇了「隨機」，不知道是甚麼原因促使我選擇這個不知道會有甚麼夢境的選項，但直覺告訴我，這比起其他確實選擇的夢境，「隨機」會告訴我更多想要的答案。

就這樣一切都準備就緒，我安靜地躺在床上，閉上雙眼，等待未知的夢到來……

「如果上天能再給我一次機會，這次我一定不會走向這樣的結局。」

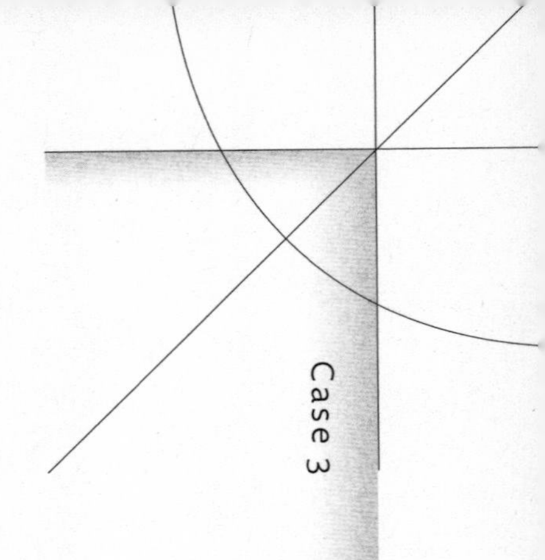

遺憾

「你可以不要再睡嗎？我為甚麼會跟你這麼一個廢物在一起！我們分手算吧！」那個看起來是我女友的人跟我說。

「你就繼續頹廢吧，我這輩子也不會原諒你的。」我妹妹用一張看起來比我熟悉的臉對我這樣說。

「你現在才來裝甚麼孝子？你這壞人！媽媽會死也是你的錯！」一個少女向著眼前的少年哭泣著大喊。

少年沒有理會少女，跪在那座掛著一張慈祥笑顏照片的墳前，一聲不吭。

這天天氣陰霾，烏雲密佈，有點潮濕，是一個準備下雨的正午。在某個墳場、某座墓碑前，一男一女正在祭祀先人。

我是張柏謙，剛大學畢業兩年，眼前的是我媽媽，我已經有五年沒有好好看過她了。沒想到再次安定下來看她的時候，這張熟悉的臉居然變成了一張朦朦糊糊的黑白照片。

在我後面的是比我小五歲的妹妹，她好像是在唸甚麼文憑。我也是很久沒有跟她相處過了。現在看見她有點陌生的感覺，她哭的樣子，在我記憶中也只有小時候被我欺負後哭哭啼啼的臉。

要說起為甚麼來到這個地步，也許得從很久以前說起。

從前我們一家四口，父親有份穩定的工作，算是一個小康之家，起碼能吃飽穿暖，大家都過著幸福的日子。

直到初中某天還在上課的時候，課室外突然有老師緊張地走進來，還跟授課的老師說了兩句，然後老師就讓我趕緊收拾書包離開。記得那時候送行的老師給了我一百元坐的士，當時我還不知道發生甚麼事。

只是，由那天開始，我們家就成了單親家庭。

也許因為我媽很多東西都不太懂，意外索償很少，而且家裏居然有債務存在，很快我們家就成為了一個貧窮家庭。從那時開始，我媽就一直努力的工作。我媽不是甚麼知識分子，只是在連鎖快餐店工作，所以能賺到的錢並不多，她為了能給我和妹妹有多一點的生活，她除了一份全職，還每天兼職，假期也一直工作，就這樣用著她那微薄的薪水把我跟妹妹健康的帶大。

或許是因為沒了爸爸的原因，作為哥哥的我好想兼負起照顧家人的責任。所以之後我一直拼命念書，但原來人不用功也不知原來自己是多麼沒用。一直以來我都以為自己是因為沒花心思在念書上，才一直成績不好，但現在才發現，原來認真努力後，自己只有到這個程度。

曾經聽人說過這樣的兩句話：「你得九十九分，是因為你只有九十九分；我得一百分，是因為考卷只有一百分。」從前我不懂，還真的傻呼呼以為自己跟別人只有一分的差距，可是現在我懂了。

雖然明白自己的不足，但我還是很努力的想要有點成績，將來找到一份好的職業，能好好報答媽媽，讓她過回一些好日子。可惜的是我拼盡全力，也只是剛好能考上大學而已。

而更可惜的是上了大學的我，卻成了一個忘恩負義的人。

在這個有土地問題的社會上，像我家這些不太有錢的家庭，要每人擁有一間房間是挺困難的事。所以考上大學後，我能自己兼職賺點零錢，再加上學校安排到宿位，於是我就搬到宿舍住下來，那妹妹也能獨佔房間自己用。雖然是親兄妹，但始終她是女生，我也想她能自己有個房間，不要跟我大男人窩在一起。

媽媽一開始十分反對，說在家裏有吃有住、不用交租更好，但我一直堅持用我在學校省點車程，還有跟同學一起溫習等等的爛藉口拒絕，一意孤行住宿，她最後也沒我辦法。

搬出了家裏後，一開始我是想著每星期也會回家去吃飯，見見家人，可是在學校有太多的活動，加上兼職也很忙碌，不知不覺就由一星期一次變成一個月，再變成幾個月。雖然我有一直定期給媽媽匯點錢，希望她能不要那麼勞碌，但那些錢的數目也不多，也不確定能幫到多少，但總比沒有好吧。

我一直想著只要撐過這幾年，待我有了正式工作後就有穩定的收入，讓媽退下來，不用那麼辛勞。

可是在我大學期間，我交了一個女友，畢業後，我選擇了跟她一起搬出來住。她是我第一個女朋友，我想著日後跟她一起走許多路，把她認定是我人生的另一半。只是剛開始的戀情總是特別的纏綿，跟她在一起後，我更少回家。加上談戀愛也要錢，搬到外面住也不便宜，漸漸地我匯到家裏的錢就少了，而見到我媽的日子也一天比一天少了。

一年大概只有過時過節才回家吃一頓飯，之後又匆匆離開，就這樣有五年多沒有好好正視過她、沒有好好跟她說上話、沒有好好聽過她的電話、沒有好好回覆過她的訊息……

工作了一晚，一下班就跟在門口接我下班的女朋友去吃大餐，就這樣過了一個愉快的晚上。臨睡時想設定明早的鬧鐘才發現電話沒電，這時才把電話充電。

沒想到電話一開，就傳來了百多個訊息，我還沒來得及打開訊息看是誰找我，電話就響起來了。

「媽媽死了！媽媽死了！你在哪！我問你在哪啊！？」電話傳來我妹妹的叫喊聲。

我一下子還沒反應過來，我靜止了一會兒……

「你這壞人在哪……我問你在哪啊……」妹妹的聲音聽起來泣不成聲……

稍為回過神來，我已經在醫院。

「中年婦人亡命工作三十小時猝死」這是隔天一份報章的新聞標題。

「如果我多點陪在她身邊，她就不會這麼辛苦。」

「如果我再能幹一點，她就不需要那麼辛苦。」

「如果我沒有離開家裏，也許我能阻止她這樣瘋狂工作。」

「如果……如果有如果……」

「樹欲靜而風不息，子欲養而親不在。」

我沒法停止自己無止境的後悔，我沒法停止痛恨這樣的自己，還有很多很多事情還沒有跟妳做。說過要帶你去旅行、說過要買大房子你住、說過要讓你喝媳婦茶、說話讓你抱孫子……為甚麼我一樣都還沒做到，你就跑了？

那天陪你走最後的路程，是很漫長的路程。偶爾天上飄下一點點的雨粉，卻始終沒有下起雨來。走到了你的墳前，我不知道該對你說甚麼。我無話可說，跪在你面前，我也不知道自己還能做甚麼，我甚至覺得自己連眼淚都不配流。

妹妹站在旁邊，自那天那通電話後她就再沒有跟我說話，連葬禮所有事都是她一手包辦，她大概不想跟我說話。我知道現在的她是有多麼的看不起我、多麼的恨我。我沒有做到哥哥的責任、沒有做到兒子的責任，我就是一個爛人。

我跪在你面前，回想起過去幾年、回想起小時候你是多麼的疼愛我……

不管多累，還是願意抱起那在發脾氣的我；

每次我闖禍了，邊哭著邊打我；

因為我偏食而很苦腦，想盡辦法讓我多吃；

明明不冷，卻一直叫我多穿點；

每個我晚歸的晚上，都在家裏等到半夜……

每天都傳來的訊息……

「今晚回來吃飯嗎？買了很多好餸！」

「最近天氣開始轉冷，衣服夠穿嗎？」

「不用匯錢過來，留著自己用。」

「你夠錢花嗎？媽給你匯點錢！」

每天都有最少有一通來自媽媽的未接來電……

想起過去的你，想起自己甚麼都沒做到，想到自己的不孝……

沒法再抑壓自己，眼淚忍不住流下來，「媽……對不起……」

「你在裝甚麼孝子？」她大概忍耐很久才說出一句。

是的，事到如今我還裝甚麼孝子。像我這種人……其實連跪在媽媽的墓前也覺得自己丟臉，我真該消失於這個世界上。

葬禮過後有一天，有一個保險經紀聯絡我，說你買了很多保險……

「人生很多事說不定啊，也不知自己甚麼時候會突然像孩子的爸爸一樣走了。多做一點保障才可以，至少讓兩個孩子不用擔心錢啊！」那位保險經紀覆述你的話。

嗯，這樣我的心再一次撕裂，像我這樣負心的兒子，你還是只想到我，把自己累成這樣，還是不放心我，還是把一切留給我……

你走了都還在照顧我……

後來，我告訴女朋友想搬回家住，因為不想只剩妹妹一個人。她也欣然接受，跟我一起搬回去了。妹妹其實不喜歡我的女朋友，覺得她有份不讓我回家，覺得她有份害死我媽。但她也沒有阻止，或許是因　她已經不想再管我。

回到家裏的日子，我以為可以把過往做錯的逐點修補，可是妹妹卻老是和我女朋友吵架。我也不知道該怎麼從她們之間調停，到最後我們三人都開始不怎麼說話。

某一天半夜下班，從門口就聽到屋子內的兩個女人在吵架，我不想滲入她們，我走到了樓下公園找個位置坐下，靜靜的抬頭看著天空，天空很安靜，還有幾顆星星。

我在想，媽是哪一顆星呢？是不是還在守護我呢？

如果媽還在，是不是這一切都不會發生？

如果媽還在，是不是我們就能過得幸福呢？

「人生真的好累啊！」旁邊的人這樣說。

這時我才注意到有一個跟我一樣都看起來很憂傷的男生，也正在看著那片夜空。

「是呢，為甚麼不如意的事有這麼多呢？」我自然地回應了這個男生。

「你遇上甚麼不如意的事情了？」他看著我那樣問。

「一些改變不了的遺憾。」我看著天空苦笑地說。

「想忘記的事情？」他這樣問的時候似乎有點興奮。

「不，是想把沒做好的事情做好。」我嘆了一口氣。

「那就去做吧！」他爽口地說出這句話。

「不可能了，已經太遲了。」我皺著眉頭望向他。

不知不看我開始跟這個男生聊起來，也是呢，經常陪在女友身邊，也很少能跟朋友一起出去喝酒聊天，有很多話一直窩在心裏，難得有人跟我聊聊天也太好了，有時候陌生人真的是最好的傾訴對象。

「我，好想念我的家人。好想念我的媽媽。」我吐出了一句一直埋在心裏的話。

他看著我沒有出聲，只是看著我。

「怎樣了？好奇怪嗎？」看到他呆著了，就向他問了一句。

「你有帶手機嗎？」他突然這樣問我。

「有啊，怎麼了，要加我電話？」他是跟我一見如故要再約嗎？

「借我一下。」他向我伸出手。

我想，那就交個朋友吧，也沒甚麼關係，就把手機遞給他了。

看著他拿著兩台手機一直按，但又好像不是在儲存電話號碼。

「你在幹嘛？」我看一看手機螢幕。

「好了！」他把手機遞回給我。

手機的螢幕顯示著「下載完成」。

「你在我手機下載甚麼啊？」心裏想著該不會是甚麼病毒程式吧。

「雖然不是真實，但它應該可以讓你少一點遺憾，至少心靈上可以吧。」他用同情的眼神對我說。

我看著手機上多了的一個程式「美夢販賣機」，原來是給我推薦遊戲嗎？這人真搞笑。

「這玩甚麼啊？」我視線離開手機螢幕看回男子，發現他已經遠去了。

「這人怎麼這樣啊？就來說幾句就走，起碼也跟我說一下這遊戲玩甚麼，加個好友之類啊。」默默地在他身後自語自語了兩句。

既然介紹人走了，那我只好自己看看這甚麼遊戲吧。

「這根本不是遊戲啊，這是商品傳銷啊！」打開程式後的第一個感覺就是這樣。先是一個奇怪的教學，說甚麼可利用販賣自己的記憶來換取一個美夢，然後整個程式就是一個購物程式吧。

「這個年代的傳銷手法真是層出不窮啊！」覺得沒趣我就決定回家了，畢業都有一段時間，要是家裏沒出命案應該就吵完架的了，我這樣想。

在回家的幾分鐘路程，我看著這個由神秘傳銷員傳來的程式，胡亂按動。

「請確認你的訂單」

選購的夢境類型：悠閒假期

販賣的記憶日期：2016年8月4日00時00分00秒

＊請於按下確認後盡快入睡，

如未能於二十四小時內入睡，

當天將不會出現美夢，而已販賣的記憶將不獲退回。

就像在網上亂填問卷那樣，隨便的選擇，隨便的確認。

「祝您有個美夢！Have a nice dream！」

最後它彈出這樣的訊息，是的話就好了。如果能好好的睡一覺，作一個美夢，不被這些煩惱纏繞著就好了。

就這樣我回到家裏，燈已經關了，似乎大家都睡了。

我用很短時間洗完澡，就躺到床上準備睡覺。

「我不想再跟你妹一起住。」在床上的女友突然開口說。

「就互相遷就一下嘛，她只有我一個親人。」我怕被隔壁的妹妹聽見，故意小聲地說。

「我還不夠遷就嗎？你媽死後，我陪你搬來這住了一年！你說要跟她修補關係、你說要代替媽好好照顧她，你關係好了嗎？她需要你嗎？」她從床上起來指著我說。

「你小聲一點好嗎？她聽到會多難過？」我覺得很累，已經沒辦法平心靜氣的安撫她。

「她難過，我就不難過啊？我每天寄人籬下的樣子，天天看她臉色！」她越說越激動，聲音也越來越大。

「那你想怎樣啊？」一下子沒法再忍著就駁了她一句。

「還兇我啊？現在是我錯嗎？是我錯嗎？」她臉紅耳赤，雙眼通紅，眼淚慢慢流出來。

「是我錯了，好嗎？不要吵了，很晚了，睡覺好嗎？」我試圖讓自己冷靜，幫她擦掉臉上的眼淚，想要就這樣結束這個對話。

「你在敷衍我嗎？」她一摔開我的手。

「不是啊……我們先睡，明天再說好嗎？」我放棄對話，躺到床上。

「你自己睡個夠吧！」她拿起銀包就衝出門口。

「唉。」我嘆了一口氣，心想，還穿睡衣就跑出去，待回冷了就回來。

然後我再也抵受不著，真的很累很睏，我要睡了……

「嗶嗶嗶！嗶嗶嗶嗶！」床邊的鬧鐘響起。

我張開了雙眼，心頭有點喜悅。

「很久沒有試過這麼放鬆了，今天去哪裏玩呢？」我坐了起來伸了一個大大的懶腰。

張開眼睛四處看了一下，我在家裏呢。這時才回過神來，昨晚作了一個很快樂的夢。我拍拍床邊想叫女友起床，才發現旁邊沒有人。

「對啊，昨晚太生氣出去了啊。啊？整夜沒回來嗎？！」我這才清醒過來，立刻拿起電話打給她。可是她卻一直沒有聽，看到還在生氣呢，今晚去接她下班好了。

「如果那麼不喜歡，你們就自己搬出去，這是我家，該走的是那女人。」一出房門跟妹妹對上眼，她就這樣說。我也不知道該說甚麼就沒有理會她，然後收拾上班。

晚上我去了女友的公司，她見到我就當看不見，繞過我身旁，我立刻上前抱著她道歉。

「在你決定要搬出來之前我都不會回去！我自己家可是很歡迎我回去。」她冷眼看了我一下。

「再、再給我一點時間好不好？」其實這刻我心裏是覺得這樣是最好的選擇，畢竟以目前情況，她們再住一起，我也不可能修補到跟妹妹的關係，同時也會讓我倆的關係惡化，但我又不能直接說出口。

「限你一個月內做好決定，不然我們就算了吧！」她的語氣似乎妥協了。

「好好好！那我們現在要一起去吃飯嗎？」我立刻乘勝追擊。

「不要！我還沒生氣完！你昨天都沒有找我就睡了！你都不會擔心我一個人在外有事啊？！」她提起昨晚似乎又開始生氣了。

「不是的，我昨晚就是太想你想到哭，然後哭累了睡了！」這樣我也說得出口……

「說謊！」但她樣子明明就很高興。

「那一起吃飯吧！」我得意起來。

「我昨天跟媽說回去吃飯了，你自己吃吧！回去跟你那好妹妹吃吧，慢慢修好你的關係，修完再找我。」然後她就走了。

我也只好回家，但修補關係確實是需要的。趁著女友不在更是好時機，我就到了街市買了一些材料，準備回家為妹妹煮一餐好菜。

「你今晚回來吃飯嗎？我煮了你的飯。」

我發了一個訊息給妹妹，但是我買完餸回到家裏她都沒回覆。於是我打給她了，可是除了第一次是打通，之後她應該就是關了機，每次都打不通了。

結果我煮好了一整桌的菜，她還是沒回來。我只好自己吃完，把東西收拾好，留起了餸菜放到雪櫃。然後我還在等她，等到十點多她還沒回來，我再打給她，她還是沒有接聽，我就在桌上寫了一張便條給她。

「雪櫃有菜　可以自己翻熱來吃」

「咔啦！」在我留完紙條，我就聽到門鎖打開的聲音。

「你這麼晚才回來嗎？」我立刻衝她那樣說。

「你找我有事嗎？」她冷冷回了我一句。

「你吃飯嗎？我煮了你的菜，可以幫你翻熱。」我動身準備把剛剛收好的飯餸拿出來。

「我吃過了。」她看了我一眼這樣說。

「你在外面吃怎麼不說一聲啊？還煮了超多耶！」我有點生氣了。

「你不回家吃飯有告訴過媽嗎？」她冷漠的眼神，加上肯定的語氣，一下子我的自責感覺又出來了。

「……那也可以回一下訊息……」我弱弱地說出一句。

「你有回覆過媽嗎？！你有嗎？！她死那天你有告訴她你不回來吃飯嗎？是你自己約她的！如果你那天有回來吃飯，她就不會因為公司不夠人上班，突然跑回公司幫忙，她就不會不夠時間休息！她就不會……」她一下子就崩潰的在哭了。

「我……我不知道。」我現在才知道為甚麼她生我氣到現在，我完全不記得我當時有約過我媽。

「是你！是你害死她的！她那天剛下班就跑回來煮你的菜！煮了幾個小時，然後等了你幾個小時你也沒回來！如果你有回來，她才不會管甚麼需要人手趕回去！如果不是你沒有匯錢回來，她不會那麼擔心你是不是在外面錢不夠花！她不會凌晨跑去做兼職！所有都是你害的！她一直都想著你！可是你呢？你有想起過她嗎？她死了你才回來！我不會原諒你的！我永遠都不會原諒你！」這番話她大概忍耐了一年吧，她該多痛恨我？應該恨得我想死吧……畢竟連我自己也覺得我該死呢。

「啪！」她衝進房裏，一下關上了門，只是隔著門也能聽到她的哭泣聲。

我一個人坐在梳化上發呆，甚麼都沒想，甚麼都不願想。世界變得好安靜，但同時也好像沒了色彩，所有的事物都好像浮雲。我就像一個沒有靈魂的空　，甚麼都想不到，眼睛失去了焦點……

不知過了多久，「叮」一聲打破了我的沉寂。

「來自美夢販賣機的一則訊息」

啊，是昨天的遊戲呢。我點開程式，它立刻彈出一個訊息通知。

「恭喜你，完成了『美夢販賣器』的初次體驗，

你現已進級為等級二之會員及獲得6分積分，

系統已為你解鎖更多功能。」

啊，升級了呢。我腦海並沒有特別的想法，我就這樣一直按著程式。

可以輸入三個名字，他們會出現在我的夢境，此刻有三個人我很想念的。

那多年前突然離開了的爸爸、

那去年突然再見不到的媽媽、

那再不會叫哥哥的我的妹妹。

「很想跟你們再見、很想跟你們再見、很想跟你們再見呢……」

「請確認你的訂單」

選購的夢境類型：悠閒假期

夢境指定人物：張柏林、李敏、張珀琳

販賣的記憶日期：2016年8月5日00時00分00秒

＊請於按下確認後盡快入睡，

如未能於二十四小時內入睡，

當天將不會出現美夢，而已販賣的記憶將不獲退回。

「如果真的能見面，即使只是夢也好。」我躺在梳化上閉上了眼睛，眼角似乎流下了一滴眼淚。

這是一個天氣晴朗的日子，天空上有不同形狀的雲層，前方是一望無際的大海。小時候看過一套電影，主角很喜歡用兩句來形容「椰林樹影、水清沙幼」，我現在真切的感受到這風光了。躺在沙灘椅上，戴上一副太陽眼鏡，海風輕輕吹到我的臉上、太陽雖然有點猛烈，卻沒有炎熱的感覺。

「哥哥！你看！」一把清脆、聽起來很愉快的女生聲音。

我聽到漸大的聲音向我走近，我依然躺著，只是把頭緩緩地側向聲音的來源。

果然是我那可愛的妹妹，她手上舉著一個椰子越走越近。

「是新鮮的椰子汁！」她把手上的椰子遞來給我。

「哇！好好喝喔！好新鮮呢！」我愉快地接過，吸了一口椰子汁。

「媽媽還買了很多水果！」她指向後方。

我看到一男一女穿著很有夏威夷風味的沙灘裝，拿著一大盆的水果拼盤往我這邊走近。明明已經是大叔、大嬸，但因為笑容太燦爛，看起來有點青春。這一對佳人是我最愛的爸爸媽媽。

「你這大懶蟲，也不會過來幫一下媽媽的手呢！」爸爸邊走邊說。

「因為他是我們家的大少爺嘛！」媽媽笑著回應對我說。

海風吹的聲音、海浪打到岸上的海浪聲、歡樂的笑聲就是我們的背景音樂。一起游泳、一起曬太陽、一起吹海風、吃起水果，所有的一切都是那麼的愉快，今天真是一個美好的日子呢。

「嗶嗶嗶嗶！嗶嗶嗶嗶！」打破了這份歡恩的響鬧鈴聲。

縮在梳化一角的男人張開雙眼，坐了起來任由從房間傳來的鬧鐘聲一直響著。

灰白色天花板、破舊的梳化、沒有人的家、流著眼淚的我；閉上眼還能感受到剛剛牽著母親手的餘溫，還能聽到妹妹的大笑聲，還能看見爸爸裝嚴肅的笑臉。可是張開眼睛卻一切都消失不見，這麼真實的一切，為何只是一場夢？如果可以，我希望此刻的我才是在發著一個惡夢、我希望我能從這個惡夢醒來、我希望一切真實變成不真實，一切不真實變成真實……

那天醒來後，我沒有上班，我想再一次遇家人相聚。不知不覺間我來到了母親的墳前，看著冷冰冰的照片，和在墓上一片片的落葉。這刻我反而沒法相信眼前的這個事實，因為我在幾個小時前很能感受到她的存在。

「其實昨天是你報夢給我吧？那個甚麼程式也是你讓它來到我身邊嗎？」

「因為你總是那樣懂我，你知道我放不下你，你知道我很後悔，對嗎？」

「你想讓我們在夢中相遇，讓我把該做的事做好，讓我們之間再無遺憾，對嗎？」

「不管我犯多少錯還是一直給我機會的你，很想給你一次真正的擁抱。」

「給我最後一次機會，絕對不會再讓故事走向這樣的結局……」

在那個安靜的房子裏，有兩個女人、一個男人。男人迷迷糊糊的看著眼前兩個眼泛淚光的女人看著自己，他沒有說話，像一個沒有靈魂的玩偶呆呆坐著。

「你可以不要再睡嗎？我為甚麼會跟你這麼一個廢物在一起！我們分手算吧！」

「你就繼續頹廢吧，我這輩子也不會原諒你的。」

向著漸漸遠去的兩個背影，男人呆呆一笑。

「還是早點睡覺吧。」

「剩下最難遺忘的記憶，然後繼續回味這一切。」

Case 4

追憶

「他最近開始變得很善忘，而且老是提起很久以前的事。」大廳的中年婦女邊剝橙皮邊對自己的丈夫說。

「畢竟年紀也大了，也沒辦法。」丈夫嘆了一口氣。

「需要帶他去看醫生嗎？會不會是老人痴呆症？」妻子放下手上的橙。

「不需要吧？老人家就是這樣嘛，讓他跟鄰居多打幾場麻雀就好了。」丈夫正在穿上鞋子。

「這樣好嗎？帶他看一下醫生，看看醫生會不會有甚麼建議，可以改善也好啊？」妻子用看來有點擔憂的樣子看著丈夫。

「老人家忘記一點東西又看醫生，家裏錢也不多！不用吧。」丈夫拋下一句就提起公事包出門。

我是袁富，今年八十歲。有三個兒子、一個女兒、兩個孫女和一個孫子，算是兒孫滿堂。在三年前太太腦中風後離開後，我就跟我的小兒子、媳婦，還有年紀最小的孫兒一起住。我時常也記掛著我的太太，這一生勞勞碌碌，不過不失，但她也一直陪伴我平凡地走了一輩子，就算現在就要離開人世去她的身邊，也算是了無牽掛。

自她走後，除了偶爾幫兒子帶帶孫兒，就是到公園坐坐、在家裏看看電視、偶然去飲一下茶、去社區中心看看有甚麼免費的派，就沒甚麼好做了。這也就是我現在的日常了，自然也不敢有太多的花費。因為自己早就沒有工作，只有政府每月發來的支援金，那數目不大，剛好夠用在每個月的生活費。當然不想花子女的錢，他們也沒賺很多，還有孩子們以後唸書甚麼的，每樣都是錢，不想自己加重他們的負擔。甚至有時候也會想，我這老不死，還是早點去吧，這樣家裏也空敞點，他們也不用擔心我。要是某天有個萬一，還生病了，又要看醫生又要住醫院又要支付一大堆費用那樣，這都是我不想見到的未來。

像我這種年紀的平凡老人，餘下的人生只有最後一件事情要做，等死。不會再想像未來的日子，因為不知道那天睡著後就再也不會醒來。既然不會奢望將來，就只會回望過去。

「我年輕時不知多少女人想嫁給我。」

「我以前在鄉下也是家家戶戶都想把女兒許配給我！」

「我從前家裏是大地主耶！」

「我就是白手起家的！」

公園內一群老伯在對話。

每天互相吹噓，一次又一次的重複著內容，就是我們的日常。也分不清楚誰在說真誰在說假話，偶爾會提及一些新聞、誰誰誰又過身、誰誰誰家裏又添丁，總是在吵吵鬧鬧。聽到哪裏有免費飯盒，高高興興的一起去排了一個下午。

這樣又過了一天，興高采烈的帶著在烈日當空下排了三小時的戰利品回家。把飯盒上的主菜都預先夾起放到碟上，配上剩下的白飯和旁邊的小白菜，把飯上的菜汁伴混，就完成了自己當天不花錢的午餐。

等待著晚上兒子回家，就可以告訴他今天為他的晚餐加料了。

然後在開始準備煮他和媳婦跟孫子的晚餐了。

「今天社區會堂有免費四寶飯派啊，我跟老陳、林伯去排了一個下午，還有個鹹蛋和叉燒剩了留給你們加料！」我高高興興的分享今天的戰績給的兒子。

「我拜託你不要再去拿甚麼免費飯盒！搞得我們家窮得沒錢給你吃飯一樣！」兒子一拿起我夾好放在碟中的燒味又立刻放下。

「不是喇！沒有吃過的！」我連忙為我的餸菜解釋。

「我今天在外面吃過了，不餓。」他掉下外套就走往房裏。

「啪！」一下子門也關上了。

大廳中只剩下我的呼吸聲和電視廣告的聲音。

我沒有打破這份寧靜，直至門鈴響起。

「叮噹！」門鈴有點緩慢卻依舊清脆的響起。

「爺爺開門！我回來了！」我五歲的孫子在門外敲門。

我立刻高興的奔到門前，開門迎接我可愛的孫子。

媳婦一進來放下了小書包，就走到廚房內準備開飯菜。

孫子則跑過來撒嬌要玩手機，像我這種一把年紀的老人家，最抵受不了孩子的別扭。

「玩一會兒好了，等下要吃飯喔。」一邊哄他邊遞上手機給他。

從廚房內聽到我們對話的媳婦又大喊了出來。

「爸！你別老是寵著他吶！老是給孩子玩手機對他沒益！對眼睛也不好！」

其實我也是不懂為甚麼現在的小孩子都喜歡玩手機，只有一個小螢幕一直按按按，到底有趣甚麼呢？當然我覺得能看電影、新聞這些倒是挺方便的。

我也是最近一年才學會用智能手機，說是很難再給我買舊式的電話了那樣，還好我換了這些智能手機後，在社區中心的姑娘偶爾也會教我如學使用，基本操作，發訊息都會了，也算是老年跟上了時代的進步吧！

「老公出來吃飯！」媳婦把我預備加料的燒味和蒸肉餅也端出來了。

我兒子沒有回應。

「去叫爸爸出來吃飯吧。」她跟孩子那樣說。

孩子立刻走到房間，很快又再走出來了。

「爸爸在睡覺，說不吃了。」然後就走回餐桌。

「那我們吃吧。」媳婦幫我們盛好飯。

「大家吃飯。」我們一起說。

這樣平平無奇的日子，一日復一日的走過。

直到那天，我太太的死忌。

一家人大清早來到她的墓前拜祭，買了一些她生前最喜歡吃的東西，一個一個輪流為她點上香燭祭品。我一向在拜祭我太太的日子，也不會跟大隊走，因為我還有很多話想跟她說。當然除了在這些日子，其實我每星期都有一天早上會來，因為我家的老太婆是個怕寂寞的傻孩子。

「你最近幾好嗎？很想我吧！」

「我還是每個早上將開眼也想看你那滿滿的白頭髮。」

「最近為甚麼你沒有給我報夢呢？」

「再等我一下，我很快就會到你身邊。」

「他們當然很好，早就不需再我操心，反而是我老是讓他們費心呢。」

「沒有你每天在旁碎碎念，不管多久還是受不了……」

「還好你先走一步……我怎能接受留下你一個人難受……」

幾乎每星期也跟她說一樣的話，可是每一次也受不了，作為一個男人也太難看，可是我已一把年紀會不會較好一點？

說實話，人活到這把年紀，其實已經接受過看著重要的人離開。對於每個珍視的人離開時，大概就是一直也知道會有那天，但一直也不會相信那天會來臨，然後當它真的來到時，卻有沒能即時反應，再次回過神來時，原來人已走遠了。

「今天我還是覺得你就在我身旁，可是卻又好像跟我有點距離。」

這天不是甚麼特別的掃墓日子，只是普通的一個星期天，天氣也一般般，有點陰沉，像是快要下雨。我旁邊剛好也有另一家人，雖然我不知道他們是遇上了怎樣的事，但我看著那個一直跪在墓前的年輕人，當他家人都走了，他卻依然跪著。這時我家人也一早走了，只剩下我跟太太聊天，或許該說只剩下我在自話自說吧。

看著旁邊的年輕人，我想他一定是很重要的親人過身了。我稍為偷偷看了看他面前的碑上所寫的是甚麼，嗯，原來是他的媽媽。看他樣子應該只有二十多歲吧？這麼年輕，真可惜呢。老頭子就是這樣，閒來沒事，多管閒事。

「年輕人，你媽媽不會希望看到你這樣的，起來吧。」我走到他身旁拍了拍他的肩膀。

可是他沒有回應我。

「唉！」我嘆了一口氣，蹲下來到他臉前的視線。

「我也是父母，我懂的。不管孩子犯下甚麼錯，當父母的還是會原諒。我想，對你媽媽來說你幸福就夠了。」我看一看墓，再看眼前的男生。

「你不懂。」他低著頭說出一句。

「嗯，是的。我不是你當然不了解你們的故事，而且我這樣說其實也很像廢話，可是孩子啊！過去的事情，我們改不了，接受吧！回家吧！不管你家還有沒有人在等你，也回去吧。」我最後一次拍了拍男生的肩旁，然後我起來離開了。

那天晚上，我像平常一樣回到家裏，然後我把老太婆從前珍而重之的相簿翻出來看。這些照片，一張一張的記錄了我和她的一生。當然較舊的照片比較少，只有一張黑白照，這也沒辦法啊。因為從前拍照可是需要很長時間的，而且也不是便宜的事情，可是看著眼前泛黃褪色的照片，臉上長著幸福笑容的我們。嗯，就好像是昨天的事情……

也不知道是怎麼樣的，居然一眨眼就來到今天，一瞬間我們就分開了。原來別人說快樂的時光、幸福的時光走得快是真的。時間真的有腳而且跑很快，看著看著眼淚又留下來了。

有時我會有很壞的想法，希望明天就再沒有醒來，一下子就到了她所在的世界，繼續與她續寫那個不想完結的故事。現在的我就像一本淒美的愛情小說，到故事的結局男女主角分開了，不管從前有多幸福的劇情，這故事最後也成了一套悲劇。不管告訴自己多少次，我應該知足，我應該為曾經與她寫下最美的劇情而知足，可是我也終究沒法接受這樣的結局。

或許你會問，我想要的是怎樣的結局？難道要像拍電影那些台詞般「不求同年同月同日生，但求同年同月同日死」嗎？不是。我是真心誠意的明白了解，可是我還是不心足，人不就是這樣嗎？貪婪本來就是人性，渴望更多、追求更多，想要永恆，有問題嗎？沒有吧，別告訴我，你不希望身邊喜歡的人能永遠在身旁？

就這樣在回憶從前，回憶過去幾十年，原以為能看淡生死，但原來當最愛離開身旁你會沒法釋懷。不知道哪個瞬間，或許是神？還是佛祖？像是聽到我內心的吶喊，讓我在不知還有多少的時間裏得到了一個寄託。

不知自己在懷念過去懷念到甚麼時候，電話突然轉來「叮噹」的鈴聲。

嚇得我差點把手上的相簿掉到地上，因為我雖然有一台智能手機，但基本上他的功能我也不怎麼使用，即使懂得發訊息，我也是不能理解為何能打電話一下再等問到的答案要花時間寫簡訊。而且一般來說大半夜也不會有人找我，我兒子在隔壁房好像也已經睡了。

「叮！叮！」在一段長時間後，突然傳來的鈴聲真的把我這老頭嚇了一下。

我拿起電話解鎖，慢慢地畫了一個直線圖案。

「下載完成」螢幕上彈出了這樣的通知。

在我學會使用智能電話前，其實我是不明白「下載」這兩字的意思。雖然在還沒有智能電話就已經聽說過，但當時的我並不會使用電腦。當然現在是會一點點，最少我懂得上網看新聞。

「下載」在我的理解就是把一些大家在網絡上分享的東西，複製一份到自己的電話然後使用。而現在在我電話出現的這個「下載完成」就是指我複製了一個「Apps」到自己的智能手機上用。

我的手機裏並沒有下載過太多的東西，就是之前在社區中心跟著姑娘教，下載了一個駕車的遊戲給孫子玩那樣。另外就是姑娘幫我下載了一個麻雀的程式，可是我眼睛不算太靈光了，長時間看著螢幕會很眼花，所以我的智能電話除了通話外，對我而言只是用到哄孫子的工具。

「是小希下載了甚麼遊戲嗎？」我腦中出現了這樣的想法。可是下一秒我又想，五歲的孩子這麼聰明嗎？我八十歲也不太會的事，還在念幼稚園就學會了？但是也不出奇，這個年代小孩的教育可好了，但他認到的字也不多，應該還不會吧？先看看是甚麼遊戲好了。

「這是甚麼？美夢販賣器？」粉紅色的圖案，看來真的是小希的遊戲了。我按了一下，打開了這個程式。我是不太看懂它是甚麼，雖然它有說明書，甚麼選擇夢境？販賣記憶？如果我沒想錯，應該是小希的兒童故事書那樣？就是讓我跟他說個睡前故事吧？我的孫子真的很可愛。

「好吧！讓爺爺看看有甚麼好故事明天說給你聽！」我開始在看那些故事選擇，可是那些名字都怪怪的，看起來不像是說給孩兒聽。甚麼「賺大錢」、「中六合彩」、「妻妾成群」是怎樣？這是能給小孩子看的嗎？看了很久才有個像樣點的，「吃盡人間美食」這個看起來可以了！應該比較有趣，他應該會喜歡的。

「但還是先看看裏面寫甚麼？」我慢慢地點了螢幕一下，還是沒有出現故事的情節或是圖畫，倒是出現了一個時間？上面寫著的是「請選擇你想要販賣的記憶日期」，這個是指今天嗎？但它的日期是昨天呢，正確來說是過了十二點所以成了昨天。實在是不懂這些新一代的的孩童玩意，看到下面有下一步，就直接按了，然後出現了的是：

「請確認你的訂單」

選購的夢境類型：吃盡人間美食

販賣的記憶日期：2016 年 2 月 7 日 00 時 00 分 00 秒

＊請於按下確認後盡快入睡，

如未能於二十四小時內入睡，

當天將不會出現美夢，而已販賣的記憶將不獲退回。

「啊？即是怎樣？我到目前為止還是一點都看不懂這玩意。算了，明天再問問他們吧，該是時候睡的了。」我放下電話和剛剛在看的相簿放到桌上，就關燈躺上床了。

「晚安了。」一貫地我閉上眼對那在我心中的太太說。

「祝您有個美夢！Have a nice dream！」

桌上的手機螢幕閃過了訊息後，又黑屏了。

窗外的陽光漸漸映射到床邊，白髮的老人微笑著張開雙眼。

「呵～欠～夠了夠了，我飽了。」口部一直在咀嚼著，嘴邊還流著口水。

「是做夢呢。」老人微微皺了一下眉頭。

「很久沒有這種夢呢，吃得那麼多，現在還感到很飽，我想我今天不用吃早餐吧！哈哈哈哈！」老人自言自語的站起來。

打開房門，家裏一個人都沒有，奇怪了，為甚麼星期日的早上家裏會沒有人。我看看鬧鐘，原來已經十一點多，我睡過頭，大家已經出發了嗎？我立刻換上衣服衝出門口，也忘記了要先打電話跟兒子確認是不是他們已經出發了。

到達墓地才發現他們都不在，難道是已經離開了嗎？還是他們沒有來？因為也不見有太多祭品，難道是已經被回收了？不管了，我自己去跟我老大婆說幾句再回去吧。

「你最近幾好嗎？很想我吧！」

「我還是每個早上將開眼也想看你那滿滿的白頭髮。」

「最近為甚麼你沒有給我報夢呢？」

「再等我一下，我很快就會到你身邊。」

「他們當然很好，早就不需再我操心，反而是我老是讓他們費心呢。」

「沒有你每天在旁碎碎念，不管多久還是受不了……」

「還好你先走一步……我怎能接受留下你一個人難受……」

傻呼呼的又不小心流下了男兒淚，然後呆坐在墓前，過了不知多久。

「好啦，我也要回去了，不然他們回去見不到我又會擔心。」跟太太說完這句後，我起行回家。

但當我打開家門，發現家裏還是沒有人。他們去哪了？他們不是會忘掉媽媽死忌的人，而且昨晚睡前都還提著的！我拿起了電話打給我的小兒子。

「喂！你在哪？」我緊張的在兒子接通電話的一刻立刻向他問話。

「啊？當然是在公司啊？怎麼了？」電話那頭傳來不耐煩的聲音。

「你今天要加班嗎？加班不早說啊！你忘了今天甚麼日子嗎？你這個不孝子！」我生氣的開始責備他。

「今天甚麼日子啊？」他比剛才收斂了一點，大概是心虛了。

「今天是你媽的忌日！」我大聲的對他說。

「啊？是昨天吧！爸你記錯了！」他生氣地回答。

「怎麼會記錯！我甚麼都有可能記錯！除了你媽的忌日我是不會記錯！」我氣得一整個快要心臟病快的感覺。

「爸！我們昨天才去拜祭完！你忘了嗎？」

「爸，你是不是不舒服？」他開始放軟了語氣。

我掛掉了他的電話，因為我不相信他的話。如果是真的話，我怎可能忘掉了。

我打開電視，轉到新聞台，那兒有寫著今天的日子。

「2016年2月8日下午4時20分晴天20度」在新聞台的上方這樣顯示。

「這怎麼可能！我怎會完全忘了昨天的事？」嚇到了的我坐在梳化上不知所措。

「我、終究還是變成這樣了嗎？老人痴呆症……」

「我開始忘記事情了嗎？我連那麼重要的事也能忘掉嗎？」

「我會像電視劇情那樣嗎？忘了我太太、忘了我的孩子、忘了所有珍重的記憶、忘了我自己是誰嗎？」

坐在電視機前，眼睛沒有焦點的我腦中一直這樣想。

「咔啦！」門鎖打開。

「爺爺我們回來了！」小希一進門就跑到我面前。

「爸你不舒服嗎？阿康打電話跟我說你不舒服，叫我們早點回來。」媳婦也神色緊張走到我面前。

我稍為停頓了一下。

「啊，沒甚麼啊。年紀大了，沒記性了，一時記錯日子而已。」我笑笑想帶過今天這見事。

「真的沒事才好啊？他剛剛打來緊張的快嚇死我了。」媳婦用有點不相信的語氣回應我。

「真的！會有甚麼事呢？你看我現在可好了！」我站起來到處拍一拍自己身上。

「爺爺不舒服嗎？」我的可愛孫兒嘟著小嘴向我說。

「當然沒有啦！爺爺都不知道多健康了！」我摸摸他的頭說。

「那我打給阿康說一下，不然他好擔心呢。」媳婦拿起手機去打電話。

晚上兒子回來後也沒再說甚麼，大概大家也真的把這事忘了。畢竟我年紀也不少，開始沒記性也是人之常情，也不會再深探究。唯一覺得不舒服的大概只有我自己吧，活了八十年，大概從來沒有試過這樣沒記性，我真的老了，我是真的老了，看來我的日子真的不遠了。

「這下我們真的很快能再聚了，親愛的。」我拿著床頭跟太太的合照。

這天我很早就躺在床上，卻一直沒有睡著。或許我是在怕，怕自己這次閉上眼就再也不會醒過來。這很諷刺吧，之前還一直期待著自己的死亡，但當察覺到它真的快要來時，卻又害怕了。

我反覆的問自己，到底死亡是怎樣？這個問題我從很久以前就在想，當我第一次看到身邊的人離世時，我就開始在想。原以為死亡是很可怕的事，但當看著眼前的人離開，原來只是那麼快的一個瞬間，甚至沒法理解那一幕。突然急速的呼吸、突然放大的瞳孔、突然再也沒有動起來。就這樣永遠的離開了，以為世界會就此崩潰，卻一切都還在進行。時間一秒也沒有慢下來，「滴答滴答」秒針繼續走動，你也走了，我卻還在原地不知所措。

「叮！叮！」手機傳來的鈴聲響起。

「來自美夢販賣機的一則訊息」手機螢幕上顯示。

「啊，是昨天小希的遊戲。」我看了手機一眼。

「咦？我想起來了？昨天的事啊。」

「不對，還是記不起，只記得睡前看了一下這程式，但想不起來昨天做過甚麼。」

「再用心的回想一下，會記得嗎？我再想一下。」

「好的，記不起來。」

我打開了小希的遊戲故事，它彈出了一個訊息：

「恭喜你，完成了美夢販賣器的初次體驗，

你現已進級為等級二之會員及獲得12分積分，

系統已為你解鎖更多功能。」

「這是甚麼意思啊？」我決定認真再研究一下這玩意。

「我就不相信小孩子的玩意我會弄不好！」我眯起眼睛再次仔細看一看這個程式。

在第一頁我看到了一個「？」的位置可以按進去。

然後出現了三個選項：

「使用方法」

「使用守則」

「等級功能」

「這下好了，我要再一次好好看看這個說明書，把這個玩意搞懂！」

於是我點進了「使用方法」，它出現了使用教學的圖片。

第一頁寫明了整個交換的程序：

「第一步：選擇想要購買的夢境

第二步：選擇販賣的記憶日期

第三步：確認無誤

＊一旦確認訂單，則視為交易完成，

已販賣之記憶任何情況下將不獲退回。」

「所以說這不是故事書，而是直接把想聽的故事變做夢境，這年代科技這麼進步嗎？」

「咦，難道我昨天的夢也是因為我用了這玩意嗎？」

「對呢！我昨天選擇了吃盡人間美食，今天醒來時，還覺得很飽呢！」

雖然有點難以置信，但自從我能在手機上跟孫女用視像功能聊天，我就相信這個年代沒甚麼是不可能的。

第二頁的圖片是有一些夢境選擇的例子：

「請選擇你想要購買的夢境類型」

中六合彩、幸災樂禍、與暗戀對象談戀愛、遇見偶像、擁有魔法等等。

「對呢，我昨天以為這些是故事書，還在選擇，原來是指想做甚麼夢。」

我開始能懂得操作這個遊戲了，就是想想自己想作甚麼夢，然後就能作甚麼夢吧！

我理解了這一步後，我按到第三頁：

「請選擇你想要販賣的記憶日期」

圖片顯示了一個日曆可供選擇任何日子，

還有時間，時、分、秒，也可以選擇。

這一頁的說明我還是不懂，「販賣記憶」是指失憶嗎？我昨天……

「難道說我昨天是因為玩了這個遊戲所以才忘記了一天的事？」

「是這樣吧？那我現在全都懂了！」

為自己不是因為老人痴呆已忘記事情而感到高興，一下子都安心下來了。

「那我還要玩這個程式嗎？老是忘記事情可不行的啊。」

一邊在擔心會失憶，但卻又為自己懂得用這些潮流玩意而高興的繼續看看這遊戲有甚麼夢境選擇。

就在我很糾結要不要再玩這遊戲的時候，我看到了一個很吸引的夢境「環遊世界」。年輕的時候，常常跟她說要帶她搭飛機。可是到她走了，她自由了，也沒有成功的帶過她飛翔過。如果這夢境能跟她一起去環遊世界那該多好……

一邊這樣想的我，不知不覺就按進了這個選項，時間我選擇了舊一些的年份。只是今天好像比昨天的操作不一樣，多了一個欄位：

「可輸入指定人物於夢境情節」。

「這是代表我可以跟你一起環遊世界嗎？」

甚麼都沒有想就直接輸入了太太的名字「周美美」。

然後就到了下一頁：

「請確認你的訂單」

選購的夢境類型：環遊世界

夢境指定人物：周美美

販賣的記憶日期：2006 年 2 月 8 日 00 時 00 分 00 秒

***請於按下確認後盡快入睡，**

如未能於二十四小時內入睡，

當天將不會出現美夢，而已販賣的記憶將不獲退回。

「這次我們能一起去旅遊，一起坐飛機，一起完成我們的夢想了吧。」

我就這樣想著想著，就睡著了。

「起來喇！你這個老頭子！怎麼我才去一下洗手間你就睡著了！萬一飛機走了怎麼辦？」

我張開眼睛簡直是不敢信眼前的景象。

「美美……」雙眼的淚水忍不住泛出來。

「傻了嗎你？你怎麼哭了？」她打了我一下，我還能感覺到痛。

「我是在作夢嗎？你不是死了嗎？」我抱著她說。

「你才死了啊！幹嘛忽然詛咒我死，是你想死吧！」她再打了我兩下。

「是我剛剛做了一個沒有你的惡夢嗎？」我打一打自己。

「不要再發傻了啊，你這傻老頭！飛機不等人的！導遊已經在召集我們過去了啊！」她拉起我就走。

這久違的溫暖，有很多的皺紋，摸著不像年輕時嫩滑，卻是我最熟悉的一雙手。

真是可惡！我怎可以做了一個她離開了的夢！

「我們要去哪裏？」稍為回過神來才注意到自己的四周。

「你怎麼睡傻了啊？我們出發去第一站日本啊！你忘了我們參加的環遊世界的旅行團嗎？」她遞給我看機票。

「啊、好像是喔。」我好像是真的睡傻了，但我可以確定的這是真實，因為我能感覺到痛、感覺到暖、感覺到她。

現在的我，真是太幸福了，我是世界上最幸運的人，因為我身旁有她。

「鈴鈴～鈴鈴～」電話的來電鈴聲一直響著。

躺在床上滿臉幸福笑容的老人緩緩張開雙眼，他接聽起身旁正在響鬧的電話。

「喂！老袁啊！你怎麼還不來啊！不是說好今天去社區會堂領福袋嗎？」電話那頭傳來的說話。

老人沒有回應，放下了電話。

「終究還是一場夢……」老人低下頭一直流淚。

在那裏有一個老人家，每天都在等待晚上的到來，為的只是與她一生的最愛見面。

別人覺得老人的生命也快將終結，因為他開始變得健忘，開始忘了很多很多事情。但對老人而言，他早就記住了所有最難遺忘的記憶，而其他的記憶早已不再重要。

「有些人不經意的走到你心中，你們沒有之後；只是你無法自拔地幻想，你們之間若有如果。」

Case 5

假如

「你根本沒有愛過我吧？」

「對不起。」

「我從一開始就是代替品。」

「對不起。」

一對年輕男女在後巷的對話，最後女生在男生臉上留下了一個掌印便離開。

我是李棋洛，今年十八歲，剛剛中學畢業。我承認自己年少無知，很多事情還很不成熟，但至少現在，我並不後悔自己所做的事。我有一個正在交往的女朋友，一年前她跟我表白。當時我有喜歡的對象，只是我清楚那段戀情是不會有結果，所以我接受了她，希望能這樣忘記自己的妄想，直至那東西改變了我的想法。

「叮！」從電話傳來的訊息鈴聲。

當時好像是晚上十二點左右，我正在跟朋友們玩線上遊戲。我拿起電話看了一眼，它寫著「下載完成」。由於遊戲進行中，我沒有空閒理會這個訊息，所以我再次放下電話就繼續進行遊戲了。

直至遊戲結束後，我打開手機發翻看了這個訊息。

「我甚麼時候下載了這個程式？」跟著這個粉紅色的圖標，我點擊按了進去。

一打開界面，我就知道是怎麼回事了。這是一個購物程式，大概是某次在街邊填寫問卷時，寫下了個人資料，它定時下載了吧。

反正睡前沒甚麼好做，就看一下它賣甚麼好了。我看它的界面沒甚麼特別，只是它的教學讓我有點驚訝。因為它寫著讓我販賣一天的記憶，來換取一個指定的美夢。

「如果是真的，也太爽了吧？」我當下第一樣想到的就是這件事。

我選擇了一個「擁有魔法」的夢境，至於販賣的記憶我則選擇了一個「擁有魔法」的夢境，至於販賣的記憶……

我應該選擇最近嗎？因為較早的記憶本來就已經忘記了，如果要確定這個程式是真還是假，就要選擇一個自己有印象的事件。

「好吧，乾脆就選擇今天的記憶。」如果今天晚上真的發夢自己擁有了魔法，而明天我又真的忘記了今天的一切，那這個程式就很好玩了。

「請確認你的訂單」

選購的夢境類型：擁有魔法

販賣的記憶日期：2018年3月3日00時00分00秒

＊請於按下確認後盡快入睡，

如未能於二十四小時內入睡，

當天將不會出現美夢，而已販賣的記憶將不獲退回。

我按下確認後立刻跳上床準備好睡覺，可是此時電話響起了。是我女朋友的來電，我只好先接聽。

「你為甚麼不回覆我的訊息？」我接通電話後她的第一句話就是這樣。
「我在睡覺啊。」我稍為用一點聽起來有點累的語氣跟她說。
「說謊！你剛剛還在跟 David 他們在線上。」她用肯定的語氣快速說出。
「我沒有啊，我掛機而已。」我開始心虛了。
「那你怎麼現在會聽到電話？」她又幾續追問。
「你打來電話響了啊！」我開始為自己大半夜被嚴刑逼供感到不耐煩。
「你現在是發脾氣嗎？我打給你你不滿意了嗎？」她又再生氣了一點。
「我甚麼都沒說。」我已經沒話可說了。
「你不愛我了！」然後她就掛了電話。
就這樣被一個突如其來的電話，打擾了本來很想快點睡覺的興致。
「算了，明天再想吧。」我關上燈，終於能睡覺了。
此時螢光幕再次出現了來自美夢販賣機的訊息：
「祝您有個好夢！Have a nice dream！」
「咰！咰咰咰咰咰咰！」床邊的電話震動著發出聲音。

男生迷糊之間揮動雙手。

「哊！哊哊哊哊哊哊！」床邊的電話震動聲依然持續的傳來。

「魔法……消失了。」男生終於張開眼睛看一看旁邊，伸手拿起電話。

螢幕顯示著「老婆大人」，男生看了螢幕上的接聽。

「喂。」我稍為清醒過來接聽了電話。

「你居然真的睡著了！」電話傳來非常憤怒的聲音。

「怎麼了？」我稍為清醒過來接聽了電話。

「你不愛我了！」電話那頭的女生開始哭泣。

「又怎麼了？」我也不知道她為甚麼又生氣了。

「我掛了你電話，你居然都不打回電話給我，還直接睡著了！」她一邊哭一邊這樣說。

「你昨天掛了我電話嗎？」我沒有這個印象。

「你不要再裝忘記了！」她繼續哭泣。

「可能是我昨晚太累忘記了，對不起。」雖然不知道自己做錯甚麼，但現在也只好安慰一下她。

「你在哪？我去找你。」轉成妥協想約她。

「甚麼啊？你昨天不是約了我今天去看電影嗎？我正準備出門口了！你連這個也忘記了嗎？你是真的不愛我了嗎？」她突然又繼續哭泣。

「我記得呀！所以才想問你出門口了沒有！」其實我完全忘記了，但也只好先說謊哄著她，不然接下來的時間更難捱。

「那你不准遲過我到達喔！」她有點撒嬌的語氣這樣說。

「好！那我現在出門了，等一會見。」我立刻掛了她電話，之後準備起行。

昨天的事，怎麼一點印象也沒有呢？我開始回想昨天自己做了甚麼，但還是想不起唯一記得的就只有，我昨晚是用了一個很有趣的程式。

於是我打開手機，想找回這一個程式以確定自己昨天是確實的是用了這個程式。可是當我解鎖手機後，在任何一個位置也找不回這個名為「美夢販賣機」的程式，它就像從來沒有出現過一樣。

但我相信它是確實的存在過，而且我也肯定自己昨晚是有使用過它。因為我昨天晚上的夢境，就有如真實體驗過一樣，我擁有了魔法，我變得與其他人不再一樣。甚至今天起來的時候，我還是覺得自己擁有這一股能量。再加上，我真的發昨天的所有記憶忘記了。我記不起昨天晚上女朋友有打過給我、我記不起我又惹她生氣了、我記不起自己有約過她今天看電影。我並不是單純的沒記性而忘記了，而是徹底的一點印象也沒有。

其實我並不記得約了她看哪套電影，但一般而言，我們就只會去這區最近我們家的電影院，而且最近應該也只有這一套戲是我們還沒有看，而她是有興趣的。

等了一會兒，我果然沒有猜錯！她來了。

「那我現在去買票了喔！」我微笑跟她說。

「甚麼啊？昨天不是已經買了嗎？」她皺起了眉頭跟我說。

「啊！對呢，我都忘記了！」雖然忘記了，但也需要繼續裝沒忘記。

「在我這裏啊！就怕你這個大笨蛋會把戲票弄丟！」她從袋子裏拿出銀包，提出戲票。

就這樣我平安的過了一天也沒有讓她發現問題。

晚上我回到家中，依然沒有看到這個程式出現在手機。我嘗試上網搜尋有關這個程式的事情或是資訊，可是資料並不多，但也是有相關的事件分享可以證實它是確實存在的。

我在一個討論區上，看到有人查問關於這個程式，亦有不少的回應，和一些人分享相關的案件或是身邊懷疑有人使用這個程式。這個帖子的但寫時間是幾年前，但是始終地也有人回應。除了一些是無聊的回覆外，也有很多看起來是真實的個案分享。

可是我對這些真實個案並沒有興趣，我只想知道這個程式為甚麼會消失了。因為我想繼續使用它，它真的很有趣很不可思議，我想知道更多關於這個程式的事，以便我能更有效的操作它。

一直滑動這些案例，根據眾人的口供，這個程式似乎只會在每晚十二時才出現在人們的手機上。而且它存有等級制度，必須通過多次使用，才能解鎖更多關卡，使用它更多的功能。

「既然是這樣，那我就要先等到十二時吧！」因為距離十二還有一段時間，我就先繼續看看其他人的案件。

看到一些人分享在等級二，會開通了特殊功能可以輸入指定的人物名字，讓他們出現於自己的夢境中。

「蔡翊信」我腦中出現了這個名字。

他不是我的女朋友，但他是我的初戀，是我第一個喜歡上的人，是我一直念念不忘的人。那時還不懂自己對他的是甚麼情感，也不確定他跟我的關係，但我知道自己對他有不一樣的感覺，我沒有跟他表白，我與他之間就只是停留在好友的階段。我們之間並沒有以後的故事，即是現在我有了新的女朋友，我還是時常會幻想，假如當日自己有鼓起勇氣與他告白，到底我們是否也會有屬於我們兩人的故事呢？

「我可以利用這個程式，來體驗一下我與他的故事嗎？」我心裏動了這樣的一個壞念頭。可是我並不知道要使用多少次這個程式，才能解鎖這些功能。

晚上跟他和其他朋友們打完排位賽事，時間就差不多了。

十二時正。

「叮！叮！」手機傳來提示的聲音。

「是程式來了嗎？」我緊張的立刻拿起手機。

「你收到一則來自美夢販賣機的信息。」

「太好了！它是真的存在。」我激動的立刻打開程式。

「恭喜你，完成了美夢販賣器的初次體驗，

你現已進級為等級二之會員及獲得8分積分，

系統已為你解鎖更多功能。」

當我一打開程式，我就看到了這樣的訊息。

「太好了！這麼輕易就能升級了嗎？」我為這個程式能這麼輕易升級而感到極度興奮。

我看網絡上的人，他們解說有關於等級解鎖的事，最多只是說到了第六級的功能，但程式等級最高是等級七。目前還沒有人知道到底等級七的功能是甚麼，超級神秘。我很想成為第一個人解鎖等級七，知道它到底有甚麼功能！想知道它會否為我帶來更多不可思議的事情。

「那我要使勁地使用這個程式了！」我下了這樣的決心開始準備操作程式。

我解鎖了等級二後，程式的操作方式依然是十分簡單，只是多了一個欄位讓我輸入名字。

我稍為看一下，會否多了更多不一樣的夢境可以選擇呢？但似乎能選擇的夢境依然是大同小異。於是我隨便選擇了一個「玩樂人生」，然後就出現了我最期待的畫面。我可以在欄位中輸入他的名字。

「請確認你的訂單」

選購的夢境類型：玩樂人生

夢境指定人物：蔡翊信

販賣的記憶日期：2011年06月08日00時00分00秒

＊請於按下確認後盡快入睡，

如未能於二十四小時內入睡，

當天將不會出現美夢，而已販賣的記憶將不獲退回。

這一次我隨便選擇了日子，但是沒有選擇最近期的日子。我怕忘記了最近的事會出現破綻，於是選擇了幾年前的日子。

就這樣我就閉上雙眼，安然的入睡了。

在這個世界，我跟他是好朋友，似乎是很要好很要好的好朋友。我們一起玩樂、一起到處玩耍，做著各種愉快的事情。沒有煩惱、沒有壓力、沒有任何障礙在我們之間，我們是多麼的匹配。如果當初我有主動的跟他告白，我是否也能將在這個世界中與他有這麼美好的故事呢？

「啲！啲啲啲啲！」電話的震動鈴聲吵醒了正在熟睡的男生。

「如果這不是夢，而是真實那該多好？」男生用手按著自己的臉一直在哭，一直在哭。

那天開始，男生每一天都在等待晚上的來臨，漸漸地他開始疏遠自己的另一半。

「為甚麼你現在對我越來越冷淡？」

「你喜歡了別人嗎？」

「你喜歡了誰啊？」

「你們已經走在一起了嗎？」

「你為甚麼不說話？」

女生一直哭，一直跟男生說話。

眼前的這個女生，是我的女朋友。我應該是很喜歡她的吧？但是我想不起跟她的事情，我每天晚上都在跟別人在一起，而那個人是我在現實世界永遠也沒法跟他在一起的。

我傷害了眼前的這個女生，但我沒有讓別人快樂。我沒有真實的與別人寫了另外一個故事，但我一點也不後悔。

「對不起，我喜歡的是阿翊。」這是我最後一句跟她說的話。

「你說甚麼？」

「你為了跟我分手連這樣的話也說得出來嗎？」

「那一直以來你當我是甚麼？」

「因為你知道自己不可能跟他在一起，你就用我來當成是代替品嗎？」

「為甚麼不說話？你為甚麼要這樣對我！」

我知道自己真的做錯了，沒有勇敢的承認自己，沒有勇氣去接受自己，我利用了眼前的這個女生，我沒有說話可以再跟她說，因為不管怎樣我也不可能彌補我的過錯。

她在我臉上留下了最後一個烙印，然後氣沖沖的走了。

我在街上傻傻的笑著，我很想念那個人，晚上可否快一點到來。

今天，我已經不記得自己是續了第幾天的夢了。因為這個程式如果每一天選擇同一樣的夢境，那麼當天晚上的夢境內容就有很大程度會與之前一天的內容相差不多。但自從我升級到等級三，程式就為我解鎖了「續夢」這個功能，可是這個功能會按照在最初選擇的夢境下繼續發展，而當初我選擇了的夢境是「玩樂人生」。

在夢裏我跟他仍然只是朋友，雖然我們每天都在一起過著無憂無慮的快樂日子，但貪心的我很想跟他有再進一步的關係，所以我今天選擇了另外一個夢境。

我選擇了「熱戀時光」，我知道在現實世界，我永遠也不會跟他有相戀的時間，但最少我希望曾經擁有過他，跟他寫下一個只屬於我們兩人的故事，即使只是夢境。我告訴自己，當我們在一起後，有了美好的日子，我就會知足，我不會繼續沉迷於這個程式。我會接受自己跟他的關係維持在日常中一起玩遊戲、偶然出外吃喝的好朋友。

「請確認你的訂單」

選購的夢境類型：熱戀時光

夢境指定人物：蔡翊信

販賣的記憶日期：2013年05月08日00時00分00秒

＊請於按下確認後盡快入睡，

如未能於二十四小時內入睡，

當天將不會出現美夢，而已販賣的記憶將不獲退回。

我懷著期待的心情閉上了雙眼，希望最少能夠有一次寫下專屬於我與他的故事。

昨天早上，陽光穿過窗簾映射到我的眼皮上，我緩緩地張開眼睛。這是一個自然醒來的上午，我故意沒有調校鬧鐘，為的就是能夠好好地完成整個夢境。

這天我是笑著醒來，因為我從來沒有如此幸福過。一直以來我只知道自己很喜歡他，但我從來不敢想像有一天我能跟他在一起，更不曾幻想過我們一起後的生活是如何，畢竟這一切對我來說都太奢侈了。

「叮！叮！」電話裏傳來訊息的提示聲。

我拿起手機，看著螢幕上的訊息嚇了一跳。

「你收到一則來自美夢販賣機的訊息。」

我不敢相信自己收到這個信息，因為現在是中午。一直以來程式都只會在晚上十二時才自動出現在我的手機上，但現在它卻傳來訊息。

我嚇了一跳，然後立即解鎖手機，確認一下程式是否真的仍然在我的手機上。下一刻，「美夢販賣機」的圖示竟然真的仍然在我的手機界面中，我馬上按進程式。

「恭喜你已達成解鎖等級四的條件，

你現已晉級為等級四之會員及獲得50分積分，

系統已為你解鎖更多功能。」

程式立刻彈出這樣的信息。

自從選擇了續夢的功能後，程式就在沒有為我解鎖更多的功能，今天它不但為我升了等級四，更出現在晚上十二時以外的時間，實在令我百思不得其解。於是我立刻按到程式中，仔細地查看等級四所解所的功能到底是甚麼。

於是我點擊到主頁中能夠選擇的其中一項功能「已解鎖的功能」的頁面，它顯示了：

「等級一：

可選用基本的夢境情節。

第級二：

可輸入指定人物於夢境情節。

第級三：

可選購「續夢」以繼續上一次使用時的夢境。

等級四：

可指定販賣的記憶時段。

（每節最少兩小時，合共需有二十四小時。）

（尚未解鎖更多等級）」

它寫著可指定販賣的記憶時段，每節最少兩小時……

意思是我可以合併不同日子的記憶嗎？那這樣的話，我只要用三天的睡眠時間，約每天八小時，販買這幾個合併的記憶，我基本上就沒有忘記任何事情就能夠換到一個美夢嗎？為了確認我這個想法是可以採用，我立刻就嘗試了選擇幾個時段，只是我沒法進入下一步，因為系統彈出了提示訊息。

「抱歉，美夢販賣機於二十四小時內只能交易一次，閣下需要再等十二小時才能進行下一次交易。」

於是我無法進行販賣，只好等到晚上十二時。雖然程式於晚上以外的時間出現了，可是我卻不能使用它，這一點讓我無法理解為何它要現在出現於我的手機上。

就這樣一直等待著晚上的來到，我甚麼事情也沒有做，正確來說是很久也沒有做過甚麼事情了，自從跟女朋友分開後每天也待在家中。去年我剛剛中學畢業，但因為成績不理想並沒有繼續唸書，本來打算今年自修再重考一年，可是我卻沉迷在這個程式中。

昨天我告訴自己，只要我跟他能在夢境中在一起，我就會知足不再繼續使用這個程式。可是現在程式為我解鎖了這一個功能，我只要利用它的漏動就可以不忘記任何事情，只是在晚上能作一個自己喜歡的夢，為何我要放棄這個權利呢？

在白天可以跟任何人都一樣過著平凡普通的日子，到了晚上我能根據自己的喜好與喜歡的人幸福快樂的在一起。我真的很感激這個程式的存在，它讓我能勇敢承認自己，讓我有機會去愛自己想愛的人。

終於等到了晚上十二時，我按照原定計劃進行，把需要販賣的記憶選擇了三天晚上睡著的時段。只是我有一個疑問，如果當天我是使用「美夢販賣機」換來的美夢，那麼那一段記憶又能販賣嗎？如果是可以的話，我是不是可以一直循環這個動作，讓自己每天、每天都有著心中渴求的美夢呢？

今天我先試著第一步，看看能不能用過往睡眠時段的記憶進行交易。如果這一步可以的話，我會再嘗試使用曾經交換過的日子進行交易。就這樣我在選擇日期的那一個部份，分別選擇了三天、每天八小時。因為是過往的日子，其實我並不確定那段時間是否在睡覺，我只是大概估計每晚的十二時至早上八時那樣。

「請確認你的訂單」

選購的夢境類型：續夢

夢境指定人物：蔡翊信

販賣的記憶日期：

2011年07月01日00時00分00秒至2011年07月01日08時00分00秒

2011年07月02日00時00分00秒至2011年07月02日08時00分00秒

2011年07月03日00時00分00秒至2011年07月03日08時00分00秒

＊請於按下確認後盡快入睡，

如未能於二十四小時內入睡，

當天將不會出現美夢，而已販賣的記憶將不獲退回。

看著訂單中仔細顯示有三個時段，我也有一點無語，一直以來它的時段選擇都詳細至時、分、秒，但實際上我根本從來不會用得上。

昨天，我終於跟他走在一起了，我相信這就是我最想要的劇情，所以今天我選擇了續寫這個夢境。如果可以，我真希望這個劇情能一直走到永遠，雖然這夢境不是現實，但這個夢境真實到我都能感覺到他的體溫、他的一切。對於我來說這一切都是真實的，即使沒有任何人明白也沒有關係，至少我能感受到這一切，我是確實的感到幸福和快樂。

確認訂單後，我愉快地躺在床上，準備進入我這個夢寐以求的幸福夢境。

「嗶嗶嗶嗶——」鬧鐘的鈴聲響起。

臉上掛著幸福笑容的男生不情願地被響鬧裝置吵醒了。

「翊信……」男孩一邊叫著名字一邊起來。

我好像沒有忘記甚麼？似乎交換睡眠時段的記憶真的可以！若果我交換昨天晚上換來的美夢又如何呢？可是我並不想忘記所有的美夢記憶。

我翻開手機的介面，先確認一下程式是否依然存在我的手機之中。我發現程式仍然在我的手機中，可是我還沒有解鎖到等級五，也不知道要甚麼時候才能解鎖到。

我正在開著電話思考的時候，螢幕突然傳來來電的信息。

「來電中……蔡翊信」是他打給我！我甚麼都沒有想立刻就接聽了電話。

「喂？翊信？」我興奮的跟他說話。

「怎麼突然這樣叫我了？」他有點不解。

「想跟你裝親密一點！」我苦笑了一下。

「你的前女友突然跑來找我！」他下一秒就說出這樣的話。

「咦？她找你幹甚麼？」我被它這句話嚇了一跳。
「她突然說你喜歡我，所以跟她分手。」他像開玩笑般的這樣說。
「哈哈！我真的這樣跟她說了啊！」我也只好將這件事當成笑話對他說。
「神經病嗎你？」他笑著罵我。
「就利用了你一下，不要那麼計較嘛！」我繼續把事實當成玩笑一樣跟他說。
「如果是真的……」他突然嚴肅起來。
「那怎樣？」我也跟著他一起嚴肅起來。
「那我們就在一起吧！哈哈！」他又突然開玩笑了。
「是真的哦！」我很認真的對他說。
「不要玩了！你語氣突然這麼認真會嚇到我！」他繼續把我的話當成玩笑般笑著回應。
「我說真的！我喜歡你。」我用盡了一生的勇氣，跟他告白了。
他突然沉默了沒有再回應，過了一會兒，他掛了電話。
我嘗試撥電話打回給他，但是他沒有接聽。我開始後悔了自己在胡說八道，於是我向他發了訊息：「我是開玩笑啦，你不要那麼認真吧！」

在發這個信息的同時，我沒法制止自己雙眼的淚水留下來。果然在現實生活中，他是不會接受我，我們也不會有美好的故事發生。

可是我沒辦法阻止自己喜歡他這個事實，我很想快點到晚上、我很想立刻就睡著、我很想到那個他喜歡我、我喜歡他、我們能相愛的世界。

說好了不會沉迷的我，卻沒法再從這個程式中抽離。

我只想一直沉醉在這個擁有他的世界中，

我只想一直沉醉在這個他會擁抱我的世界中……

「哪個是真實的記憶？當夢境與現實都一樣真實？

又要如何界定現實與夢境？還是把想要的當成真實就夠？」

CHAPTER 3

混亂

第三章

「嘟嘟嘟嘟！嘟嘟嘟嘟！」鬧鐘的鈴聲再次響起。

「滴答！滴答！滴答！滴答！」雨水不停打落在窗戶的聲音。

「嗒！嗒！嗒！嗒！嗒！」時鐘的秒針一直轉動的聲音。

男人緩緩的張開雙眼，醒來在這個熟悉而陌生的地方。

「奇怪了，我剛剛又做夢嗎？」男人一醒來就對自己問了這樣一個問題。

為甚麼好像沒有做到夢那樣？我明明記得昨晚我為了使用「美夢販賣機」進行交易，而將昨天所有事情和記憶都寫到紙張上，為的就是即使沒有了記憶，還是能按照自己寫下來的日記記住自己做了甚麼。

「難道用這個方法的話，就不能進行交易嗎？」我有點不能理解現在的狀況。

我看看身旁，昨晚寫下來的紙張仍然貼在床頭。我拿起手機想看看會不會有任何線索。然後開始回想昨晚的情況，難道是因為我選擇了「隨機」的夢境嗎？因為是隨機的夢境所以我想不起來嗎？

我躺在床上，再次閉上雙眼，想讓自己靜靜的回想，再仔細想一下昨天晚上是否真的沒有作夢。可是我不單只沒有想起，而且還突然的感到極度疲倦……

不知不覺我睡著了。

在夢中，我看到自己眼前有一個穿著白色醫生袍的女子，很美麗，而且身材還一級棒，毫無疑問是現世間的女神等級。

「我不會贊同你的做法。」她這樣跟我說。

「我們失敗了。」夢中的我這樣跟她說。

「這並不是我們的失敗，只是他們沒法接受現實，但是我們並沒有做錯任何事情！」她很激動的回應我。

「我覺得我們需要在這裏終止計劃。」我都肯定而嚴肅的語氣回應她。

「我拒絕！這並不是你一個人就能決定的事情。」她轉個頭就走了。

然後這個畫面開始糊糊，當我眼前的景象再次清晰的時候，我看見自己在醫院中。

我並不是病人，我站在醫院的角落偷偷看著病房內的人，一個躺在病床上需要靠著氧氣呼給的人。這個人很熟悉，我有見過她。

「我可以幫你！」我曾經這樣跟眼前的這個人說過啊，可是她為甚麼現在躺在這裏呢？

我不是跟她說我能幫助她嗎？為甚麼她現在還躺在這裏呢？

為何我的心會覺得那麼難受呢？我感受到無比的自責，是我害她的念頭不停在腦中出現。如果不是我，她不會走到這樣的結果，這樣的念頭一直出現在我的腦中，我變得不知所措，我十分恐懼眼前的一切，現在我應該怎麼辦好？

我雙眼不自覺開始泛出眼水，而淚水使我眼前的景像變得越來越迷糊。

一眨眼我來到了一個公園，看到一個男生正在仰望天空。他看起來十分苦惱，他的眼神告訴我他對世界上的一切事物都沒有希望、像是想放棄世界的所有那樣。

我主動上前跟他搭話，這刻我覺得他需要我。我覺得我可以幫到他改變命運，所以沒說幾句話，我突然問他拿了他的手機，然後我用我的手機連接了他的手機，發送了一些東西給他。

「我發送了甚麼給他？我看不到！那是甚麼？」這個景象又開始變得模糊，我聽不見我跟他的對話內容是甚麼。

迷糊間我跟這個男生來到了另一個場景，這裏的他比我剛剛在公園看到那個對世間一齊都沒希望的他更可怕。因為現在在我眼前的他一直在傻笑，可是他的雙眼並沒有焦點，只是坐在一角傻傻的笑著。

我走到他面前跟他說話，可是他卻好像看不見我似的。眼前的他就像是一個失去了靈魂的娃娃，而這刻的我則變得不知所措，因為我不知道自己可以做甚麼，同時我又覺得自己做錯了甚麼。內心無限的恐懼、自責、害怕都湧出來了。

「是我做的錯事！是我害的！一切都是我造成的！都是我的錯！」腦中瘋狂地飄出這樣的念頭。在夢中我的頭也很痛，痛得我沒法呼吸，沒法思考。我知道此刻的我是在睡夢中，我想醒來，我需要醒來，拜託讓我醒來，我沒法再繼續在這裏，我很痛苦……

在頭痛得眼睛沒法對焦，眼前變得一片白茫茫的轉眼間我又快到了另一個場景。

我來到了墳場，我看到了一個老伯一直在都墓碑說話。他似乎是在跟他過身了的太太說話，看來是十分的念念不忘。我走上次跟他聊天，他說自從他太太過身後，他就每個星期都會來這裏跟她說話，因為除了跟她太太說話外，他似乎沒有甚麼想要的了。每天也只在過著等待死亡來臨、人生終結的那一天到來。

我嘗試安慰了他幾句後又離開了這個場景。

一下子我由有白茫茫的景象變成了鮮紅色的畫面。

在張開眼睛的瞬間，我面前是滿滿的鮮血，眼前是一具血淋淋的屍體。旁邊是一個男人拿著一把沾滿鮮血的刀，他轉過頭來向我微笑著。

或許該說，他不是轉過頭來望向我，他是轉過頭望向鏡子，而我的視線是從他的視線出發。就像拍電影時候，鏡頭的拍攝位置是從主角的角度出發，望向鏡子的視野般。這個景象讓我不寒而慄，我不能再繼續在這個奇怪的背景中逗留，可是我就是沒有辦法醒過來。

一剎那間，我又會到了這個夢境最初的那個白色場景，我再次與那個穿著白色袍子的美女對線。

「如果你堅持要退出的話，你就把這一切都忘記。」她這樣對我說。

「我沒法消退我所造成的罪孽，為甚麼你不懂？」我這樣跟她說。

「一把刀原本就沒有任何錯誤，只有操作它的人，是選擇讓他用來守護人還是傷害人。」她在說這句話的時候沒有正視我。

「真的是這樣嗎？從現在的所有結果來看，根本就不是這樣。」我十分激動的跟她說。

「我是不會退出的，我也不會讓你破壞我們一直以來的努力。」她狠狠的盯著我。

我的頭又開始覺得很痛，模糊中我沒有力氣的躺在床上甚麼也做不了，只能看著眼前的這個女人漸漸走遠。

一下子我又再次醒過來了，張開眼睛仍然是在這間既熟悉又陌生的房子。我不知道現在的自己到底是在真實還是在夢中？

我覺得自己腦中的記憶十分混亂，不單只是分不清真實還是夢境，我甚至開始不相信自己腦中的記憶。

於是我開始回想起這段日子中自己的每一段記憶，我開始回想自己在那間公司工作，但是我工作的內容到底是甚麼呢？我記不起來。我又問自己是甚麼時候開始在那間公司工作呢？我記不起來。

於是我開始問自己其他問題，我到底是誰？我突然才發現我記不起自己的名字。

「我是誰？」

「我在哪？」

「我的職業是甚麼？」

「我在哪裏出生？」

「我的年齡是？」

「我家裏有甚麼人？」
「我從前在哪裏念書？」
「我有跟人交往過嗎？」
「我現在住的地方是哪裏？」
「我身上到底發生了甚麼樣的事情？」
「為甚麼我會甚麼都記不起？」
「剛剛在夢中閃現的人是誰？」
「那個白衣女子是誰？」
「那一個個出現在我夢境中的人物又是誰？」

我在腦中不停地問自己各式各樣的問題，可是我一樣也答不出來。此刻我的思想極度混亂，既不清楚自己是誰、不知道自己為甚麼在這裏。

在腦中唯一清晰的就只有「美夢販賣機」。

我只好打開手機中的界面，試著尋找名為「美夢販賣機」的手機程式。雖然以我所知的記憶中，這個程式只會在晚上的十二時才出現，但此刻它確實地出現在我的手機上。

當我打開手機程式的時候，我無法相信眼前所見到的，在程式的最上方寫著「等級七，積分：1831 分」。

我甚麼時候把這個程式通關到最高級了？我記不起。

我試著按動這個程式，想要了解這個等級到底為我開通了甚麼功能……

「只是想把美好的事情，一次又一次的再來一遍。」

「如果在現實不能重來，就在夢境重來吧。」

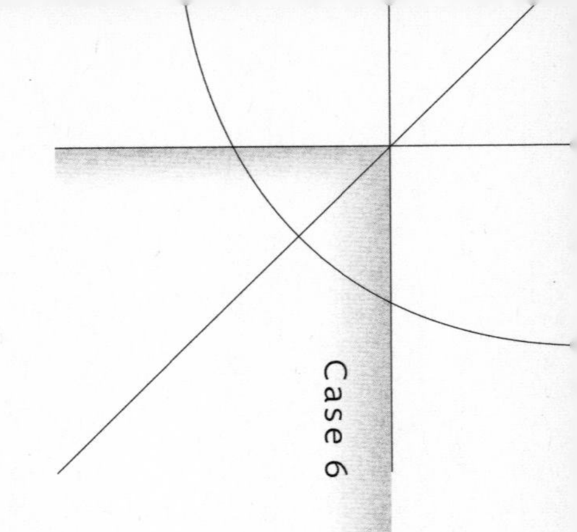

Case 6

利用

「好的東西用錯地方也會變成毒藥，毒藥用在殺蟲上也有它的用處。」

「只有無知的人才會做錯事，然後錯了又不懂反省自己。」

「任何東西只要能好好利用，就一定能發揮到他的價值。」

我是梁珀斯，二十二歲，是一名工讀生，家裏跟著父母和嫲嫲一起住。屬於一個小康之家，同時我也是一個資深的「美夢販賣機」用家。

我是從一年前開始使用美夢販賣機的，當時我最親的嫲嫲剛剛過身了。從小就跟著嫲嫲長大的我，第一次失去了身邊最重視的人，我有一段很長的時間心情也沒有平復下來。

直到那一天「美夢販賣機」的出現，它讓我走出了陰影，讓我再次能夠建立光明。

我在家中沒有看到嫲嫲的身影已有一個月了，總是覺得很寂寞很無聊。明明她還在的時候我也沒有常常跟她說話，或許應該說通常都只有她在跟我說話，但我總是沒有認真的在聽。如果再來一次，我會仔細認真的聆聽她告訴我的每一個故事，也會認真的回應她。

那個寧靜的晚上，我很晚都還沒有睡覺。

「叮！」電話的鈴聲讓我拿起手機看了一下。

「下載完成」螢幕顯示這樣寫著。

我沒有懷疑自己有沒有下載甚麼程式，而是直接解鎖了手機看我下載了甚麼呢？帶開手機螢幕的界面，看到這個粉紅色的圖示寫著「美夢販賣機」。

這是我第一次與它見面。

我點開程式，教學就立刻彈出來了。基本上是圖片教學，並不難懂，而教學的主要內容就是在說明利用程式，就可以把一天的記憶當成貨幣交換一個晚上能有一個指定的美夢。

雖然不知道它的真假，但我覺得這個東西很有趣於是就使用了它。

那天晚上我在眾多的夢境商品中選擇了一個「悠閒假期」的夢境。而昨為第一次使用當然要預先了解清楚這個程式，於是我在進行交易前，仔細看這了程式中每一個細仔，特別是首頁「？」中對美夢販賣的守則說明。當中最重要的一點，在我看來是即使販賣了一天的記憶，有關美夢販賣的記憶是不會被遺忘的。

那就表示，我要確定這個程式是真的還是假的，除了要看今天晚上的夢境是不是悠閒假期外，要看的就是我有沒有忘記了今天，第一次目到這個程式的所有記憶。

「請確認你的訂單

選購的夢境類型：悠閒假期

販賣的記憶日期：2017年08月08日23時45分00秒

＊請於按下確認後盡快入睡，

如未能於二十四小時內入睡，

當天將不會出現美夢，而已販賣的記憶將不獲退回。」

為了進一步證實程式的精確性，我在選擇交易時間前，看著時鐘數了一百二十秒，如果明天剛好還記得自己數過這一百二十秒，就代表程式真的會剛剛好只收走了二十四小時的記憶。

確認訂單後，我就躺上床上睡覺了。今天意外地一閉上眼就覺得很睏……

「叮叮叮叮！叮叮叮叮！」床頭的鬧鐘響起。

躺在床上的少女醒來，慢慢的關了鬧鐘的聲響。

「真的真到快讓人分不清是夢境還是現實……」

在夢中我很愉快，所有麻煩難過的事情我一概不記得，只有在夢中快樂的渡過了一個晚上，當然我起來後，昨天一整天我也是忘記了，唯一記得的只有有關「美夢販賣機」的部份，還有睡前數了的一百二十秒。

可是第二天醒來的時候，程式就消失了。我還以為它會從此就不再出現。

但它在第二天的晚上卻又再次出現了。

「叮！」電話的鑄聲響起有訊息的鈴聲。

「你有一則來自美夢販賣機的訊息。」

現在的時間是晚上十二時，所以我立刻假設了這個程式會在每晚十二時出現，因為昨晚也是差不多的時間點出現。

打開程式後，它立刻出現：

「恭喜你，完成了美夢販賣器的初次體驗，

你現已進級為等級二之會員及獲得八分積分，

系統已為你解鎖更多功能。」

然後再出現了「等級二的功能已解鎖，現可輸入指定人物於夢境情節」的訊息。原來在使用了第一次後，就能解鎖了它等級二的功能，我可以輸入指定的人物讓他出現於我的夢境。

而我就是因為它有這個功能而在日後不停地使用這個程式。

其實我並沒有想要忘記的記憶，我只是想著睡覺的時候有個好夢，或者該說我有想見的人，我希望能再一次經歷跟她在一起的時光。

只從等級二的功能開通後，我每天輸入的名字都是我的嫲嫲。

在夢裏我每天跟她做不一樣的事情，一起去旅行、一起去玩、去吃好東西，各式各樣的夢境我們都做過了。

也不知是不是因為我把各個夢境都試過了，所以我升級總是很快。

因為我有從網上查詢過有些人從第三級以後就沒有再升級，也有人是從第級四開始沒再升級，就是明明每天都有在試用，可是就是一直沒法升級解鎖更多的功能那樣。

但我的情況是這個程式我大概用了兩個星期就已經升到了第六級，第六級的功能是可以讓我們輸入指定的情節會發生於夢境中。而我從這天開始，我就再沒有忘記任何的記憶，因為我每一天都會把自己做過的事記錄下來，然後晚上就會把整個故事輸入到「美夢販賣機」。同時我也會指定人物中加上了我嬤嬤的名字。

就是這樣，我晚上的夢境會跟我販賣的記憶是一樣，唯一不同的就是夢境中我的嫲嫲會出現了。利用這個方法一直使用美夢販賣機，既沒有忘記任何事情，也能夠一直與想見的人再見。

我不定時也會將自己使用程式的方法，或是升級的方法分享到網上。

因為我相信有很多人也會有一天在手機中突然出現了這個程式，但卻不知道如何操作或是想更好的利用它。

可是我們身邊不一定也有同樣的用家存在，甚至我們不會選擇將這個程式告訴身邊的人，因為別人可能不相信甚至覺得我們是瘋子。

在網絡上，我看到有很多關於這個程式的負評，總是一堆又一堆的個案說明自己身邊的朋友使用程式後出現了各種負面的影響，像是失憶、沉迷、嗜睡等症狀。而在我看來，這只是他們不懂得有效地操作程式，就胡亂地濫用才會導致這種情況的發生。

至少到目前我仍然沒有因為這個程式有過任何負面影響。

任何東西都有兩面，只要能好好利用，它就會是好東西。

是時候要把今天的紀錄輸入到程式中了……

「所謂的夢想，終究只是夢。」

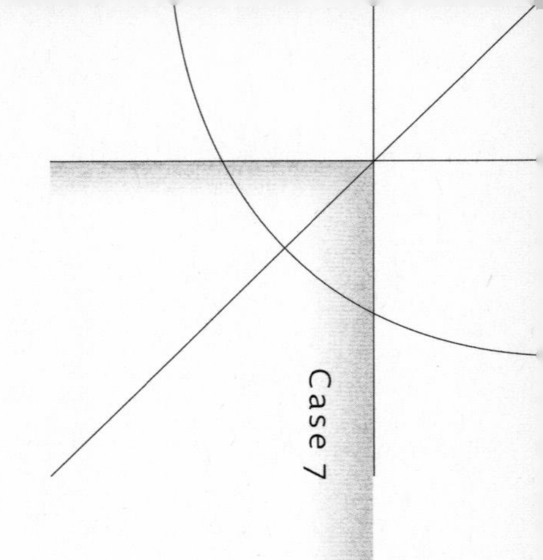

Case 7

夢想

「你不要再整天在發白日夢了好嗎？」

「你能不能腳踏實地的好好工作？」

「為甚麼你到時想著這些不切實際的事呢？」

「你年紀都不小了，早就過了追夢的年紀了！」

「你多少也為你的家人想想，你想這樣到何時呢？」

我是李成周，今年二十九歲。沒有固定的工作，是一個音樂導師。每個月平均的收入大概是七千左右，基本上都是在琴行教導學生所得的收入。我有一個夢想，就是成為一個搖滾樂手。我身旁有一團搖滾樂隊，他們跟我一樣有著這樣的一個夢想，可是隨著時間一天一天的過去，他們逐漸成家立室，開始忘記了我們當初的搖滾夢。

「對不起，我老婆懷孕了。我是時候安定下來找個正當職業，我沒法繼續為你們當鼓手了。」

「對不起，我母親患上了老人癡呆症，我需要多點時間去照顧她，也需要為家裏帶來更多的收入，必須找份安份的工作。很抱歉我沒法再繼續為你們當貝斯手了。」

「對不起，我放棄了。我們已經努力了很久，可是一點成績也沒有，我們總不能就這樣過一輩子，對不起。」

可是隨著時間的過去，我這一團搖滾樂團就只剩下了我一個人。我並不想放棄我的夢想，可是當初一起拼搏堅持的人都全部走光了，我又如何繼續一個人支持下去呢？

那天晚上，我一個人在行人天橋上，彈奏著結他獨自地歌唱著。在人來人往的街道中，卻沒有一個人願意安靜地停下來聆聽我的音樂。我時常問自己，到底是我才華不夠，還是我沒有遇上懂得欣賞我的伯樂呢？

「對不起老師，因為我要考公開試了，媽媽不想我繼續玩音樂，想讓我專心念書，所以完了這幾節課後我就不會繼續學了。」

「對不起老師，我覺得自己也不是真的太喜歡彈奏結他，所以完了這期課程後，我就不會繼續學了。」

「對不起老師，因為媽媽覺得我的學費太貴了，她說不會再繼續資助我學樂器，所以下個月我就不能繼續學了。」

我的學生一個一個地離去，我的收入也跟著越來越少。本來能帶回家裏的家用就不多，現在快要連自己也養不到了。

「你就不要再繼續這樣任性了，你都快要三十歲了，甚麼也玩夠了吧？是時候認真的找個安份的工作了吧？」

「你妹妹都已經快要嫁人了，你連女朋友也沒有，你是打算孤獨終老嗎？」

「你不要老是發一些明星夢，想自己成為甚麼搖滾巨星了！這些人要多幸運才能有機會，你從來都不是那麼幸運的，你就安份的找個工作，面對現實吧！」

我不明白為甚麼大家都要這樣，難道人有夢想也有錯嗎？我只想在自己有限的生命中，做自己想做的事情這樣也有錯嗎？為甚麼就找不到一個人支持我的夢想？難道時間真的會沖淡人們對追夢的熱情，只能被迫接受現實嗎？

「對不起了老師，我們琴行也經營困難，以你目前的學生情況，我們沒法繼續聘用你抱歉。」

難道在這個現實的社會，興趣真的不能當成是生活工具嗎？我只是想做喜歡的事，真的不可以嗎？

在我被琴行解僱的那一天，我回到家中站在大門前，我聽到家人的對話。

「其實我們也已經山窮水盡，為甚麼孩子還那麼不生性？安份找個工作不好嗎？老是發明星夢，都讓他發了這麼多年，還不久嗎？甚麼時候才能清醒呢？家裏已經沒錢，我們也一把年紀，公司一直想我退休，我哪來錢繼續讓他發夢，唉。為甚麼就有生出一個生性點的兒子呢？」我爸爸一直跟我媽媽這樣說，而我媽就一直在哭。

在家門外偷聽的我，真的覺得自己是世界上最壞的不肖子，我真的很失敗。這天我沒有回家，我去找了一份餐廳的全職工作，別人都說這個年代飲食業的工作最容易聘請，所以這間公司也是當場就告訴我們聘請了我。應該沒有很高，就是比我原來的每月賺七千元多一倍左右。

然後我就回家將這件事告訴了家人，他們十分高興。明明就不是甚麼特別有前途的工作，但他們的反應卻像是我找了甚麼很好的工作一樣。

就這樣我開始了一個平凡的人生，每天調較好鬧鐘準時上班，然後在公司每天最期待的只有準時下班。做著不喜歡的事情，領著多一點的薪水，日子就這樣一天一天過去了。

大概這就是我的人生吧，大概我也是時候認命了吧。

我這樣想著想著……直至到那個程式出現改變了我。

那天晚上，因為餐廳是輪班制度，我很晚才下班回到家中，洗過澡後我就準備睡覺了。

「叮噹！」手機突然傳來訊息的提示聲。

我拿起電話看到螢幕寫著「下載完成」，我在想我下載了甚麼程式呢？

於是我打開電話，我才看到第一個第一次看見的程式名為「美夢販賣機」，有著粉紅色的圖示好像甚麼少女修圖程式一樣。我打開程式看看它裏面是甚麼遊戲，一打開程式他就彈出來的教學，我很自然的一下就關了。

然後就發現程式的頁面是像一個購物網的程式，而它販賣的商品很有趣是一些被程式說是夢境的商品。而最有趣的是我看到一個商品名稱是「成為偶像」，我在想難道這其實不是購物程式，而是那些甚麼育成遊戲？

於是我點擊了這個商品進入下一頁，它雖然約我選擇販賣記憶。難道它的意思是我選擇哪一天的日子，就會忘記了當日的記憶嗎？

「請確認你的訂單」

選購的夢境類型：成為偶像

販賣的記憶日期：2015年11月21日00時00分00秒

＊請於按下確認後盡快入睡，

如未能於二十四小時內入睡，

當天將不會出現美夢，而已販賣的記憶將不獲退回。

我就這樣提交了訂單，不知道這個程式是真還是假，但是如果可以的話我希望能成為一個搖滾偶像，即使只是在夢中也可以。

不知道是因為程式的關係，還是因為我工作了一天而感到疲累，在確認了我的訂單後，我就覺得很疲倦，很快就睡著了。

是強烈的節拍跳動，我能感覺到全身的神經都在跟著拍節跳動。

「大家跟我一起動起來吧！」

「呼呼呼！呼呼呼！呼呼呼！」連續的敲擊聲作為鈴聲在手機中響起。

我一下子就醒來了，我將開雙眼看著那塵舊的天花板，再思考著剛剛如同真實一樣的夢境，真幸福呢。

然後我就默默起來換上衣服準備出門，去繼續完成那讓人煩嫌的工作。

這刻的我並不能確認自己是不是因為昨晚用到那個程式，才做了一個成為偶像的夢，因為昨晚我是隨意選擇了一天的記憶，而實際上我也不知道那個記憶的日子發生過甚麼事。因此我並不能確定是否真的忘記了這個記憶，為了確認這一切我決定打開程式，可是此時的我並沒有在手機中找到能程式。

難道這個程式只是夢一場？這個念頭在我腦中飄過，雖然如此但我卻又希望這個程式是真實存在。因為在現實中沒法實現的夢想，希望至少能在夢中把它完成。

在工作的時間，我沒有空閒再想起這件事，於是就繼續工作到晚上。同昨天一樣，今天我也是夜班，所以很晚才回到家中。同昨晚一樣在洗過澡後，手機出現了「叮」的手機提示訊息。

「你有一則來自美夢販賣機的信息」

我打開程式後，它彈出了：

「恭喜你，完成了美夢販賣器的初次體驗，

你現已進級為等級二之會員及獲得 6 分積分，

系統已為你解鎖更多功能。」

我仔細查看程式為我解鎖了甚麼功能，發現它可以讓我輸入三個指定的人物名字。

我第一時間想到的就是我曾經在搖滾路上一起打平的夥伴，於是我就把他們的名字寫在程式中。

「請確認你的訂單」

選購的夢境類型：成為偶像

夢境指定人物：許林、林傑森、張松森

販賣的記憶日期：2010 年 09 月 11 日 00 時 00 分 00 秒

***請於按下確認後盡快入睡，**

如未能於二十四小時內入睡，

當天將不會出現美夢，而已販賣的記憶將不獲退回。

就這樣我又再次閉上雙眼，步入我夢中的搖滾夢。

今天我仍然是搖滾偶像，夢境跟昨天大致都相同，唯一不同的就是在我身旁站著的是幾張熟悉的臉孔，或許就是我最期待的畫面。

就這樣每天也很期待著自己每個晚上能當上搖滾偶像，做著自己喜歡的是成功達到自己的夢想。

可是隨著時間的過去，我開始出現了記憶上的缺損，我希望能夠在日常的生活中與幻想的夢境取得平衡，於是我在找尋能夠盡量忘記較少記憶的方法。

我嘗試在網上查找有關於美夢販賣機的資訊，看到網上的人分享有關於美夢販賣機的等級制度，有人指出它等級四的功能存在漏洞。

等級四的功能是可以讓使用者自行指定某個時段的記憶去進行販賣，只要最後販賣的時間合併後有足夠二十四小時就可以，網上的教學是可以利用販賣過去睡覺時段的記憶，來換取美夢，這樣就可以忘記最少的東西又能換取一場猶豫真實的美夢。

可是自從我解鎖了等級三的「續夢」功能後，我就沒有再解鎖到第四級了。於是我繼續翻查別的用家之使用經驗所整理出來的相關教學內容，有未經證實的說法就是若果在第級三解鎖後一直使用「續夢」功能是不能升級，但只要選擇其他夢境就能升級。於是我當天晚上就嘗試選擇了其他夢境，我選擇了與偶像談戀愛。

「請確認你的訂單」

選購的夢境類型：與偶像談戀愛

販賣的記憶日期：2010年09月11日00時00分00秒

＊請於按下確認後盡快入睡，

如未能於二十四小時內入睡，

當天將不會出現美夢，而已販賣的記憶將不獲退回。

我沒有特別指定要與哪一位偶像談戀愛，因為對我來說誰都一樣，比起跟偶像談戀愛，只有站上舞台才是我最想要的東西。

可是這個晚上我也是過得特別幸福。

結果隔天早上我醒來，手機就出現了一個我意料之外的訊息。

「你收到一則來自美夢販賣機的訊息。」

當我看到這個通知時，實在是嚇了一跳。因為過往這個程式一直都只有在晚上十二時才會出現，但現在只是早上八時，它卻傳來了通知。

於是我立刻點開程式，想要了解。開始食一打開它就彈出訊息寫著：

「恭喜您已升級為等級四之會員，

您現時的積分62分，

系統已為您解鎖更多功能。」

太好了！網上的教學是真的！我真的解鎖了等級四！可是按照「美夢販賣機」的守則，在二十四小時內是不能進行兩次交易，加上我現在也要上班，只好在今天晚上才能認證一下它所謂的漏洞是否真的能加以利用。

在上班的午休時間，我再在網上查找更多有關於程式等級制度的資訊，有看到有人分享關於等級五的信息，個人認為為等級五的作用並不大，最少對我而言是沒有太大用途。

晚上一打開程式，再一次選擇了成為偶像的夢境，按照其他人分享的方法那樣，大概估計了過往睡眠的時間再合計成二十四小時作為販賣的記憶。

「請確認你的訂單」

選購的夢境類型：成為偶像

販賣的記憶日期：

2013年06月01日00時00分00秒至2013年06月01日08時00分00秒

2013年06月02日00時00分00秒至2013年06月02日08時00分00秒

2013年06月03日00時00分00秒至2013年06月03日08時00分00秒

＊請於按下確認後盡快入睡，

如未能於二十四小時內入睡，

當天將不會出現美夢，而已販賣的記憶將不獲退回。

隔天醒來，我清楚記得自己晚上再次成為了偶像，跟著最親愛的兄弟們一起打拼著。而這次，醒來的時候我確實覺得自己依然很清醒，不像忘記了甚麼似的。

然後我再問自己，以這樣的夢境作為基礎繼續作夢可以嗎？這樣的話我就能兼顧到家庭，也能滿足到自己想實現夢想的心情。

利用這樣的方法，在兩者間我找得到了平衡，在一段較長時間我都過了平穩的日子，直到有一天我遇上了她。

她是從其他分店調過來的新同事，長著一張很可愛的臉，而且對誰人也很友善，簡直就是小天使的化身。

不知道是不是因為已經有一段時間做多偶像，缺少了突破，開始對美夢不感興趣了，於是我就把時間花在追求她身上了。

不用多久我就成功跟她交往了，原以為我會就這樣跟她一直幸福快樂，可是有一天她突然跟我提出分手。

我不斷向她詢問原因，但她卻一直沒有告訴我，只是說覺得我不適合她，隔了幾天她還辭職了。

這時的我再次回到人生的低潮，每天愁眉苦臉，甚麼事情也沒有幹勁，只好埋頭苦幹與工作中。

直至那天晚上，「叮」手機再次傳來了一個開始比我遺忘了的程式的訊息。

「你收到一個來自美夢販賣機的信息。」

我都忘記了原來有這樣的一個程式，我立刻打開，它就突然彈出訊息：

「恭喜您已升級為等級五之會員，

您現時的積分 102 分，

系統已為您解鎖更多功能。」

我嚇了一跳，因為最近基本上都沒有再使用這個程式，它卻突然告訴我升級了。我在查看等級有甚麼特別的功能，於是我打開了那頁「已解鎖的功能」頁面，它寫著：

「等級一：

可選用基本的夢境情節。

第級二：

可輸入指定人物於夢境情節。

第級三：

可選購「續夢」以繼續上一次使用時的夢境。

等級四：

可指定販賣的記憶時段。

（每節最小兩小時）

等級五：

可指定甚麼時候入睡才出現美夢。

（尚未解鎖更多等級）」

對了，我想起曾經有在網上查到過關於等級五的功能，對我而言真的沒有甚麼特別作用。畢竟我睡覺的時候都只有晚上，根本就不需要特別指定於甚麼時段出現美夢。

可是現在的我，心情實在十分沉重。突然來到我身邊的女朋友，轉眼間又突然離我而去，我是否應該繼續寄情於我的事業上呢？但對我來說我的夢想已經完成了。我已經擁有過自己的路途，有過數之不盡的粉絲，這樣好像已經足夠了。

或許現在我需要的是一段戀情？我打開了程式，選擇了一個「熱戀時光」的夢境，並且在這個夢境上寫下了她的名字，即使在現實中我跟她無法繼續相愛，最少在夢中的我們，至少在夢中我跟她能再續前緣。

「請確認你的訂單」

選購的夢境類型：熱戀時光

夢境指定人物：李麗兒

販賣的記憶日期：

2013年06月01日00時00分00秒至2013年06月01日08時00分00秒

2013年06月02日00時00分00秒至2013年06月02日08時00分00秒

2013年06月03日00時00分00秒至2013年06月03日08時00分00秒

＊請於按下確認後盡快入睡，

如未能於二十四小時內入睡，

當天將不會出現美夢，而已販賣的記憶將不獲退回。

現實中的一切好像都沒法盡如人意，既然是這樣一切都在夢中進行就好了，那就在任何時候、任何地方也做夢就好了，讓夢境變成真實的存在，讓夢境成為真實生活的一部份就好了。

好了，又是午睡的時候了……

「那天晚上你到底做了甚麼？」

「我在家裏看電影看了很久。」

「你沒有不在場證據吧？」

「我真的一直都是在家裏。」

Case 8

罪孽

我是徐暉祥，今年四十二歲，與太太結了婚十年，為了家庭我一直拼命的工作。直到某一天我發現了自己一直以來的付出被背叛了，我的人生就從此改變了。

我跟太太是在二十八歲的那一年相識，那時她是我公司新來的後輩，她總是十分害羞又很被動。作為前輩的我被委派要教導這個新人，就是這樣我跟她認識並且相戀了。

這十年以來我們一直生活無憂，過著幸福快樂的生活，雖然我們之間沒有兒女，但是我們一直互相扶持，彼此都依賴著對方，過著幸福美滿的生活。直到去年的某一天，我發現了自己被我最信任的人背叛了。

那是一個陽光普照的早上，那一天是我們的結婚周年紀念日。為了跟我最愛的妻子慶祝，並且為了給她一個特別的驚喜，我提前在公司裏申請了一天的假期。那天早上，我去了書店提取我預先訂好了的一些裝飾品，又去到蛋糕店提取我預先訂好了的結婚紀念蛋糕。

拿著這些東西我興高采烈地回家準備，我回到家中開始佈置，為的就是在晚上太太回來的時候發現我給她的這個驚喜。

家中基本的佈置完成後，我就到家附近的街市買菜準備為她製作一個愛心的燭光晚餐。買了她喜歡的海鮮、她喜歡的菜、她喜歡的牛扒，一切一切她喜歡的食物，每一款都是精挑細選過的。

我拿著這一切回到家中，開始準備烹調我這一些精心預備的愛心晚餐，把牛扒切成心形，每一個小蘿蔔切成一個個小小的心形狀，真是個不折不扣的愛心晚餐呢。我的內心一直這樣甜蜜的想著，一直幻想當太太回來看到我為他準備的一切，想到她那張開心的臉我就感到很滿足了。

突然我聽到大門傳來開鎖的聲音，這刻我心裏想糟糕了，難道我老婆她也要提前回來了嗎？一下子很心急的我直接就從廚房沖出了大廳。

我卻發現她還沒有開門回到家中，她在大門口外跟誰聊著似的。

「這件事我不能讓我老公知道的。」這是我第一句聽到她說的話。

這時我心裏想著，會有甚麼事情是不能讓我知道的啊？我們之間一向也沒有秘密的呢！

於是我開始偷聽到她在說甚麼。

「我最近跟他都沒有做過那些事情，突然有了孩子他會懷疑的！」她的聲音聽起來有點緊張。

而當我聽到她這樣說，我就再也沒法讓自己冷靜下來了。

「你這個不知廉恥的蕩婦，現在是在跟那一個姦夫說話嗎？我這麼愛你，這麼信任你，一直以來那麼疼愛你，單單是結婚周年，我也特意請假提早回來準備給你驚喜，你竟然這樣背叛我！」我的腦海中不斷出現這些說話，甚至沒有再聽到她在門外還說了甚麼。

「而且我根本就沒有懷孕，跟他這樣說的話只會讓他空歡喜一場。有沒有其他能讓他驚喜、覺得開心的可以說啊？」門外的女子繼續說。

男人在沒法忍耐下去，他主動打開了大門。

「老公！你怎麼在這裏啊？」女子看著眼前的大門突然被打開及出現在面前的老公嚇了一跳。

「我回到家了，晚點再找你。」女子只對著電話這樣說後掛掉電話。

這是男人正氣得臉紅耳赤，太太走進屋內關上門的瞬間。男人拿著剛才從廚房急忙沖出來時，忘了放下的菜刀狠狠地往女人的身上抽插。

「淫娃！淫娃！淫娃！」男人一直這樣碎碎念，一邊不斷地把刀插到女人身上。

打從最初連續的抽插幾刀之後，女人就像沒有說過話。

這個人從一開始就沒有反應過來，這一切來得太突然而且太快了。男人稍為回過神來時，已經是一地的鮮血、滿牆的血跡，男人回過頭來看著身後的全身鏡，從鏡中反映出滿臉血跡的自己，他笑了。

男人一直笑著，沒有再說甚麼話，除了偶然的一兩句「賤人……賤人……」外，他沒有再說任何說話。他臉上的笑容始終沒有收起，他開始收拾和清理一屋子內滿滿的血跡，還有在地上那不知被抽插了多少多以至的那具血肉模糊的屍體。

不知過了多久，男人的屋子回復了原來的整潔，還有那具龐大的肉醬早已分成很多很多的小份。男人包裝著這一份份的小禮物，離開家中去到不同的地方棄置了。

晚上男人再次回到這個沒有人的家中，他靜靜地坐在沙發上甚麼都沒有做，只是一直傻傻的笑著。

直至到不知甚麼時候手機傳來了「叮」的訊息提示聲。

男人打開手機螢幕，他收到了寫著「你有一則來自『美夢販賣機』的訊息。」的訊息。

男人知道這個程式，因為這並不是他第一次使用這個程式，他在幾個月前的一個晚上就曾經使用過這個程式。

在幾個月前的一個晚上，男人因為工作的關係很晚才下班回家。就在他下班回家的期間，他遇上了一個在街邊流淚的年輕人。男人心想，換著平常我是不會管你的死活，但今天卻因為工作都很累，反而有了一種很同情別人，身同感受的情緒出現了。男人主動走到這個年輕人身邊，拍拍他的肩膀並且問他「發生甚麼事了嗎？」。

「我的公司倒閉了。」年輕人這樣說。

「那你找一份新的工作不就可以了嗎？」男人這樣問他。

「這份工作是我的夢想工作。」年輕人這樣跟他說。

「總會有其他工作也可以實現夢想的吧？」男人試圖想要安慰這個年輕人。

「不是的，我拼搏了十年推進到這家公司，我沒有想過才一年它就結業了。」年輕人無奈地說著。

「我是因為太喜歡這個公司，才來做這份工作，我不介意它薪金低，也不介意它沒有前途，我只是想在這裏工作。」年輕人一直這樣說。

「只能夠在這家公司才做到嗎？你的是甚麼工作啊？」男人無法理解年輕人的說話。

「這家公司是我的父親創辦的，可是他年輕時沒能力經營，就將它售賣了。他一直覺得這是一種遺憾，沒有奮鬥到底、沒能好好的守住自己的公司，所以我一直也想來到這裏工作，變相像在替他好好守住這裏。可是我最後也失敗了。」年輕人這樣跟他說。

這時男人也想不到自己還能安慰他甚麼，也沒有甚麼能做，於是男人就靜靜的坐在年輕人的身旁，就像是給予他無形的支持。

「可以陪我去喝酒嗎？」年輕人突然這樣提出。

男人心裏想著，都這個時間，太太應該一早就睡了，稍為陪伴一下這個心情低落的年輕人，免得他心情不好想不開也是一件好事。於是他就答應了跟年輕人，一起去了酒吧喝兩杯酒。

來到酒吧後，有一個穿著西裝，長得挺高的帥氣男子找他們兩人搭話。

「為甚麼你們看起來這麼憂愁呢？」這個搭訕的男子這樣問。

男人和年輕人心裏都想著同一件事：這人必定是同性戀來搭訕。

「沒有。」他們同時說出這樣的話。

「哈哈哈，我不是同性戀的！」神秘的搭訕男子好像一眼就看穿了他們的想法而這樣說。

「我只是沒事幹，也剛好沒朋友在場，才來隨便找人聊天而已。」神秘的男人笑著說。

然後三個男人就開始裝互吐苦水。

也不知道他們聊了多久、聊了甚麼，但是從這三人的嘴裏也有出現過一個名字——「美夢販賣機」。

不知道是甚麼時候，他們的手機中都出現了這個程式。他們一起研究怎樣使用，特別是神秘的男子似乎很熟悉的在教導他們。起初他們並不相信神秘男子的說話，只是因為有一點微微的醉意，他們不自覺地看著神秘男子的指示操作著這個程式。

再次回過神來的時候，男人已回到自己的家中，心愛的妻子叫他起床吃早餐。

在迷糊間他張開雙眼問了一句：「我是不是成為了大明星？」然後傳來的是妻子的笑聲，你又做了甚麼奇怪的夢呀？

這他才反應過來，他剛剛發了一個十分真實的夢，他完全記不起昨天發生過甚麼事。而他的太太則告訴他是因為喝醉了，所以忘記了，不要緊的。於是他也不以為意，不再深究。

可是在那天晚上，他手機出現了一個神秘的程式，而當他打開程式的時候，程式彈出了一個訊息：

「恭喜你，完成了美夢販賣器的初次體驗，

你現已進級為等級二之會員及獲得8分積分，

系統已為你解鎖更多功能。」

男人有點沒法理解這個訊息，但他卻又隱約記得昨天晚上有使用過這樣的一個程式。只是他沒法想起有關昨天的所有事情，這刻他在想，到底他是因為喝了酒的關係而忘記一切，還是因為他使用了這個程式？

如果是真的因為這個程式就太可怕了，世界上竟然有這種可以把人的記憶販賣出去的東西。因為覺得這個東西很可怕和不能相信，男人關掉後沒有再打開這個程式。可是這個程式在每個晚上都依然會出現在男人的手機上。

直到今天，男人因一時衝動而殺害了自己的妻子，他又在這個時刻收到了來自這個程式的訊息，他才再一次打開了這個程式。

當男人打開程式時，它彈出了這樣的訊息：

「美夢販賣機10.2版本已更新。閣下目前的等級為2，積分：14分」

這些對於男人來說都不重要，因為他此刻需要做的事就是把今天這麼難過的記憶完全忘記。於是他隨便點選了一個「成為富翁」的夢境，便將今天的記憶販賣出去。

「請確認你的訂單」

選購的夢境類型：成為富翁

販賣的記憶日期：2016年08月21日00時00分00秒

＊請於按下確認後盡快入睡，

如未能於二十四小時內入睡，

當天將不會出現美夢，而已販賣的記憶將不獲退回。

然後男人就安然的入睡了。

隔天早上，男人醒來了張開眼睛。

「親愛的！我發達了！」男人一醒來就張頭轉向身旁那樣說。

「咦？我剛剛是發夢嗎？怎會那麼真實的！」男人回過神來。

同時他發現旁邊都沒有人。

「已經起來煮早餐給我吃了嗎？」男人高興的從床上跳起來走到廚房中。

不是他卻發現家裏一個人都沒有。

「奇怪了！我親愛的老婆走到哪裏了？」男人這樣詢問著，然後他拿起電話，撥打號碼給他的太太。

可是電話卻未能接通。

突然間我心裏有了一種的預感，難道我親愛的她想給我結婚周年驚喜？也有可能啊！那我也不能夠輸給她，還好我已經預先訂了很多準備給她的禮物！我先去拿好了。我立刻去想換衣服出門準備去取回之前預訂了的禮物、蛋糕，然後回家準備佈置給她的驚喜。

我來到了提前預訂好禮物的店舖，他們說我昨天已經拿了禮物。然後我說我沒有，他們就要求我給單據，這一刻我才發現我的單據真的全都不見了。這個時候我再留意了一下今天的日期，才發現原來昨天已經過了我的結婚周年紀念日。可是為甚麼我一點印象都沒有呢？

還有的就是，既然今天不是我的結婚周年紀念日，那麼我的老婆大人去哪裏了？

我再次拿起手機撥打給她，可是電話依然是未能接通。既然如此，我就打去她公司吧？畢竟今天也是平日，可能她很早就上班了？

「喂，麻煩找 Annie。」

「請問你是誰找她呢？」

「啊，我是她的老公啊！」

「咦？她今天沒有上班啊！而且也沒有請假，我也想知道她怎麼了。」

「奇怪了！我今天一起來她已經不在家中了，我還以為她很早就上班了呢！」

「沒有啊，我們沒有見過她回來公司，還以為她生病了呢！」

「那就奇怪了，那我再找她一下，謝謝你。」

奇怪了，我親愛的老婆去哪裏了？是我忘記了甚麼嗎？今天已經不是結婚周年幾年日，難道昨天發生了甚麼事？我有點不祥的預感，今天還是先請假，待在家等她回來好了。

可是我一直等、一直等、一直等，她還是沒有回來。而且我不管打她的電話多少次，還是處於未能接通的狀態。

此時我開始考慮需要報警嗎？該不會是她遇上了甚麼不測吧？

我再等一下好了，如果晚上她還沒有回來我就去報案好了！

一直等、一直等，等到晚上十時點多，可是她依然是音訊全無。

此時，男人終於下定決心要去報案。於是他走到了最近的警察局，跟警察說自己的太太有一天不見了，而且完全無法聯絡。

可是警察的回應是只能暫時幫她做記錄，因為失蹤的時間不夠長，而且對方是正常的成年人。

只是男人只可以失望而回，慢慢地等待著太太回來。這天男人有點失眠，他坐在沙發上一直望著家的大門口，直至一個訊息傳來，打破了男人的沉寂。

「叮！」男人一直緊握在手的手機傳來叫一下訊息的聲音和震動。

他立刻看著電話的螢光幕。

可是電話傳來的並不是有關於他太太的消息或是他太太打來的聯絡。

「你有一則來自『美夢販賣機』的通知」男人在手機的螢幕上看到了這樣的通知。

他稍為停頓了一下，「昨天我好像有用過它。」男人的腦海中飄過了這樣的記憶，我是用它來幹甚麼？這個程式很久以前我有用過一次，因為覺得他能把人的記憶洗掉這件事很可怕，所以我沒有再用他。可是我昨晚好像又再一次用了？

所以我忘記了昨天的事情？到底昨天發生了甚麼事？我太太的失蹤跟這件事有關係嗎？現在該怎麼辦好呢？到底要怎樣才能把記憶找回來？要是我現在再去跟警察說關於這個程式的事，他們會相信嗎？應該不會吧，甚至會覺得我是瘋子？會不會因為這樣而誤會我把太太不知藏到哪裏去了？我變得不知所措不知該怎麼辦好了。

被這些情緒擾亂了一下腦袋，現在才想起可以先打開程式看看當中會不會有甚麼線索，於是我點開美夢販賣機這個程式。

一打開程式，他就彈出通知：

「恭喜你，完成了美夢販賣器的初次體驗，

你現已進級為等級三之會員及獲得18分積分，

系統已為你解鎖更多功能。」

是因為我昨天使用過，所以今天升級了嗎？可是到底我昨天忘記了甚麼真的很想知道！

現在真的不知道該怎麼辦，有誰可以告訴我該怎麼辦？

我滑動程式中看看有沒有其他線索，可是這個程式除了他販賣的夢境資訊外就甚麼都沒有了，似乎對找回我老婆也沒有甚麼幫助。

於是，我上網尋找一些關於「美夢販賣機」的訊息，希望能從中找到找回記憶的辦法。結果所有的答案都是告訴我一旦販賣的記憶將無法挽回。那現在該怎麼辦好？難道我老婆就從此失蹤了嗎？

我找到有一些人的留言說，只要一直解鎖程式的等級功能，就有機會找回失去了的記憶。

雖然不知道這些留言的可信性，但現時的我也沒有其他辦法。為了可以找回有關於我老婆的線索，我嘗試繼續使用這個程式。

我花了接近一個月的時間，按照他們寫的攻略把等級開通到第六級。

這天我打開可以解鎖了的功能頁面時，他顯示的是：

「等級一：

可選用基本的夢境情節。

等級二：

可輸入指定人物於夢境情節。

我級三：

可選購「續夢」以繼續上一次使用時的夢境。

等級四：

可指定販賣的記憶時段。

（每節最小兩小時）

等級五：

可指定甚麼時候入睡才出現美夢。

第級六：

可輸入指定的夢境情節。

（尚未解鎖更多等級）」

到目前為止還未有一個等級是可以讓我找回失去了的記憶。

可是我今天卻收到了一個意外的消息。

「叮噹！」家裏的門鈴響起。

我家的門已經很久沒有人看過了，我想應該是我太太回來了吧？於是我立刻衝到門口打開門。我是一開門，卻有幾個穿著變裝、掛著證件、就像是電視劇常有的便裝警員站著我家門前。

「徐暉祥先生，我們是啡園重案組的警員。有市民在白星沙灘發現疑似斷指後報案，經過了指紋調查後，證實斷指是屬於你太太的。我們有理由相信你太太已經死亡，並遭肢解；同時有理由懷疑你與你太太的死亡有直接關係，因此現在已嫌疑犯的身份拘捕你，請你配合我們，協助調查。」在眾多的變裝警員中，站在最前方的那位警員這樣跟我說。

我還沒有反應過來，就被他們扣上手扣帶走了。

這是我人生第一次被抓到警局中，我拚命地跟警察說，我並不知道我太太發生甚麼事，請求他們幫我抓到真正的兇手，還有我不停的澄清我不是兇手。

可是他們一直說，根據我家大廈的閉路電視，我太太最後出沒的時間是乘搭升降機回家，之後就再也沒有離開過家中了。

而當天就只有我在太太回到家中後離開，現在他們極度懷疑我家就是案發現場，所以鑒證科的人員正在我家中搜索證據。

不知過了多久，他們拿著一疊照片，說這就是在我家化驗後得出的照片，在照片中看到，家中的大廳、門、地板、天花等地方都曾經沾有大量血跡。因此他們基本上已經肯定我家就是案發現場。

「案發當天你在做甚麼？」

「是你殺了她肢解再棄置對不對？」

我不記得，我想不起來，我不知道，但我真的沒有殺死我太太！我好端端為甚麼要殺死我太太？

他們一直重複又重複的問我相同的問題，而我則在重複地回答相同的答案。

之後，我一直未有被釋放出來。

最後我也不知道自己是怎樣被起訴了，因為不管再怎麼解釋都沒有人相信，而我現在怎樣想也沒法想起當天的我到底忘記了甚麼。

但我真的沒有殺死她……

我沒有殺她……

我沒有殺她……

我沒有殺她……

「夢的開始，就是現實。」

CHAPTER 4

真相

第四章

「我們擁有他的記憶！」

「不能公開！我們在做的事不能讓別人知道！」

「他殺了人啊！我們不把真相公開的話，我們不就成為了共犯啊？」

「這是我們想要的是結果嗎？」

在混亂的記憶中，我看到了滿滿的鮮紅、不停抽插的刀刃、站在樓頂準備跳下的視野、一個又一個的墓碑、一張一張的哭臉，這些人是誰？這些是誰的記憶？我是誰？我的記憶是甚麼？

我看到了坐在床上看著手機的人們，他們正在考慮要不要看看那一個按鈕。

「等級七的專屬功能：恢復所有曾販賣的記憶」

一旦按下恢復所有記憶的按鈕，就代表用家願意以一個惡夢來換取過往所販賣過的所有記憶。而「美夢販賣機」的程式使用資格，會在回復記憶的同時消失。

「這個就是所謂的最終功能嗎？」

「你們是誰？」

「你們怎麼了？」

「你們都曾經拋棄了甚麼？」

我看到了他們恢復記憶後的下場，為甚麼要這樣選擇？不是你們想要找回失去的記憶嗎？為甚麼記憶回來了，你們卻一個一個的選擇死亡？

「此程式出了錯誤嗎？」

「為甚麼不願意接受自己的過去？」

「你們還需要逃避到甚麼時候？」

「是惡夢太難受了嗎？還是現實太難受了？」

我在一個白色的房間中，我看到眼前的那個美麗的女生，她把我捆綁在這個地方。

我將會怎樣？

我的記憶、所有的片段，都不是屬於我的記憶。這些全都是別人的記憶，那麼到底我是誰？那麼到底我的記憶有著甚麼？

我用盡全力將開雙眼，終於我醒過來了。

窗外一片漆黑，我拿起手機看一下時間。

現在是 2018 年 11 月 1 日晚上 12 時，我在哪裏？

我從床上坐了起來，我看著周遭的環境，這裏是哪裏？

我上一次起來的時候是 2016 年，為甚麼突然就過去兩年呢？

美夢販賣機……我是不是按下了那一個按鈕，那個能讓我我回復所有記憶的按鈕？我好像是那樣按了？

但到底我忘記了甚麼？現在的我又記起了甚麼？

我不是甚麼職員、我的公司沒有裁員、我的公司沒有倒閉、我沒有使用過這個程式，這一切一切全部都不是屬於我的記憶。

但為甚麼我能看到其他人的記憶？為甚麼要看到其他人悲慘的結局？這個程式原本就是要給別人很棒的人生體驗，那為甚麼到最後每個人的結局都如此可悲？

「是誰製造出這樣的一個程式？」

「為甚麼會有這樣的一個程式出現在人們的手機中？」

「要怎樣才能制止他？」

「要怎樣除能找回屬於我的記憶？」

「到底我是誰？」

我的頭很痛很痛，痛得快要撕裂一樣……

我看到了我的手機螢幕……

是那一個按鈕……

那一個回復所有記憶的按鈕……

我必須要按下它……

我……

不確認自己是否成功看到了這個按鈕……

我在一個白色的空間中，我看到了坐在前方的幾個孩子，

他們圍在一起坐著很愉快的聊著……

「如果可以把夢境成真就好了！」

「如果能把那些不愉快的記憶都抹去就好了！」

「如果所有最現實做不到的事，都能實現就好了！」

「如果人人都能夢想成真就好了！」

我慢慢地走近這幾個孩子，這個看起來很熟悉的孩子……

是我的小時候嗎？

一眨眼我來到了一個像實驗室的地方，我們只要再多找一些實驗的對象，就能知道它的可行性了！

這程式一定可以改變人類的歷史，將所有不可能變成可能，大家都不會再擁有遺憾！這樣大家都可以有快樂美滿人生，不再需要羨慕他人擁有的，因為自己也能夠擁有了！

這樣我們能幫到很多人，我們能為很多人帶來快樂！

眼睛開始模糊，一張染滿血的報紙出現在我的面前。

「肢解妻子　洗掉記憶　裝無辜」

報紙上這樣寫著，內容提及了「美夢販賣機」。

是誰利用這麼夢幻的一個程式去做壞事？

「是我們的錯！」

「這不是我們的錯，只是使用者的錯！」

另一頁的報紙標題：

「神秘程式　美夢販賣至失憶」

過度濫用了程式，大部份的記憶都賣掉了，像沒了靈魂的玩偶。

「這是我們的錯！」

「不是我們的錯，只是使用者用錯方法使用！」

網絡上的網站一個又一個的個案分享，但全部都是不好的結局，這個程式的存在並沒有幫到別人！

「恢復記憶後無法接受現實跳樓亡」

忘記了一切殘酷的現實後，最後要一次過重新接受回這些殘酷的現實，誰也不可能接受到！

「這是我們的錯！」

「這不是我們的錯！」

我的頭又開始感到強烈的痛楚，視野又開始模糊起來了。

「我不能接受這個程式繼續存在，既然一切都是由我引起，就由我親手把它毀掉！」

「它不是只屬於你的東西！它是屬於大家的心血！」

「我不會讓你破壞它！」

頭部感受到強烈的痛楚，是誰在我背後……

我倒在地上在模糊中看到她……

「如果這就是你所願的，那就忘記一切吧。」

她身著一身素白衣裝，臉上沒有任何表情，就拋下了最後一句話後，頭也不回的遠去。

我用盡最後的力氣想伸出手想捉住遠去的背影……

「啊！！」躺在床上的男人突然彈起來！

「是誰把我送到來這裏？Vivian？」

此刻的我，終於都把一切記起來了。

我，是「美夢販賣機」的創辦人。

創造這個程式的原意，是希望它可以幫人們實現一些在日常生活中做不到的事情。就是真正做白日夢的意思，透過極度真實的夢境，滿足用家的心理，讓他們能感受到猶如真實一樣的感覺。

可是我失敗了，我把一切想得太美好了。結果大部份使用的人都沒有簡簡單單地獲得夢境中的快樂和忘卻難過的記憶，反而一直在利用程式，過度濫用、沉迷，甚至利用它來犯罪。

我想親手停止這個程式繼續運行，可惜被當初一同研發的夥伴制止了。他們不明白這個程式的危險，他們不理解這程式為人們帶來的傷害，他們拒絕讓自己的付出付諸流水，所以寧願拋棄我。

我必須去阻止他們，因為這個禍端是我惹出來的，我必須親手把它解決。

我不可以再眼白白看著有人因為使用這個程式而行差踏錯，我要親自阻止他們。

我記起了所有的一切，我出發到踏我們的實驗室。我的瞳孔、我的指紋，我仍能進入這個實驗室，畢竟它們是我研發出來的，我才是它們的主人，它們還是會按我的指示為我打開大門。

我怕他們又對我使用這種卑鄙的方法，把我的記憶全部洗掉。所以在進入實驗室的期間，我都小心翼翼，盡量避免給他們的人發現。只要我能順利走回我的私人實驗室就可以了，那我就有辦法能把流通的程式整個消除。

我一步一步的在大樓中移動，希望不會驚動任何警報，也盡量避免被任何人看見。這刻的我感覺就像是在做甚麼特務的感覺。

眼看快要到達我的房間了。

「你回來了？」傳身後傳來一把熟悉的聲音。

我只好緩緩的轉過身，向她向笑。

「是呢，很久不見了Vivian。」我用自信的樣子跟他說話。

「還是老樣子呢你，還以為你經過今次會學著安份一點。」她用一貫的高傲表情跟我說話。

「為甚麼我要安份點？怎麼不見你們安份點？」這下我不能敗給她。

「你還沒放棄嗎？你真的覺得自己有能力破壞我們嗎？」她冷冷的這樣說。

「也不是有沒有能力的問題，與其說是能力，不如說我要摧毀它是一件相當容易的事。你不是很清楚，才這麼狠的打我嗎？」我指著自己的頭部。

「嘖。」她不俏看我一眼，轉身就走。

「你不阻止我了？」我為她突然的轉身而感到驚訝。

「你阻止不到的，已經太遲了，你是不是沒有搞清自己離開了多久？」她繼續離開。

或許她說的話沒錯，但我想我還是能多少制止到一點的。

我沒有去追逐她，我走到了我的實驗室。

這裏跟從前沒有太大的差別，他們沒有收走屬於我的東西，就跟我離開前的模樣一樣。

我打開了這裏的所有電源，開始翻動著所有有關「美夢販賣機」的資料，我需要先把整個程式重置，之後再一次過把它刪除，一點痕跡也不能留下，不然就有機會在某些人的手機些仍然存在，所以這些都必須徹底清除。

還有不能再讓它能接收到訊息或發出訊號，要將它連根拔起。

我相信要有讓人快樂的程式有很多方法，既然這次是一個失敗品就將它消滅，然後再重新創造一個新的程式就行了。我不能讓自己的孩子做出傷害別人的事情，我必須親手阻止它。

「確定要把全部資料移除？一旦確認後，將無法復原。」來到了最後確認的一步。

房門外來了兩位不速之客。

「怎麼了？不是說我做不到甚麼所以不理我嗎？怎麼現在又過來？現在該是我跟你說太遲了吧？」我帶著勝利的表情向他們說。

「你記得你曾經跟我說過甚麼嗎？」Robert 冷冷的跟我說。

「你說睡眠是最多餘的事情，白白的把時間浪費了。就像龜兔賽跑那樣，睡著睡著別人就爬過頭了。」他滑動著手機跟我說。

「對啊！除了必須的休息時間外，睡眠都是浪費時間。」我記得自己曾經這樣說。

「那麼你睡了多久呢？」他看著我臉無表情。

「我現在追回也不遲！」我一氣之下，立刻按下了確認鍵。

一下子，我的頭又再次痛了起來，痛得像撕裂般，我想站起來，卻站不穩整個人倒在地上。我從地上伸上想抓住眼前的兩人，可是只見到漸行漸遠的兩個身影……

我到底怎麼了……

當我再次張開雙眼的時候，我又回到了這個既熟悉又陌生的房間中。

我從床上坐了起來看到身旁的手機，我立刻把它拿起來。

我將手機的螢幕解了鎖，無法相信自己所看到的東西。

螢幕顯示今天的日期是 2016 年 10 月 5 日。

到底發生甚麼事了？我怎麼又回來了！

我是在做夢對嗎？我狠狠打了自己一巴掌。

不對，我已經把一切都記起來了，我知道實驗室在哪裏，我去就可以了！我立刻起來換衣服，然後往實驗室的地址出發。

可是當我到達科技大樓的時候，我的密碼全都不正確，他們都不讓我進入大樓，保安甚至說要找警察捉我，說我是可疑人物。

這下慘了！我該怎麼辦？難道要晚上再來潛入嗎？但目前為止我只有這個方法，於是我按照我的認知偷偷地躲在了公眾的樓層，等待著晚上的來臨，再偷偷潛入大樓。

辦工時間都過了，但很多人都仍然還沒有下班，而保安不知是不是因為我今天已經來過，好像比之前加強了巡邏。

沒有辦法了，我只好用另類的方式偷偷潛入。雖然我的密碼全部都用不了，但我的腦袋也不是蓋的，我記得保安室的電話，於是我撥了電話過去，假藉 Robert 的名義，說在三樓有可疑人物出現，一下子把他們全都調走了。

不是我聰明，只是這群保安長久以來都只是回來坐到下班，面對突然的一個可疑人物，一點點事就足以讓他們變得混亂。

於是我就在保安們出來的時候，偷偷的衝進了大樓。很快我又再次跑回我的私人實驗室。

只是當我走進實驗室時候，在室內眾多的螢光幕中，最大的一個突然亮起顯示著：「你收到一則來自『美夢販賣機』的訊息。」

我嚇了一跳，立刻打開訊息。它寫著：

「恭喜你，完成了美夢販賣器的初代體驗，
你現已進級為等級八之會員及獲得100分積分，
系統已為你解鎖美夢販賣器二代及更多功能。」

「誰能告訴我，此刻眼前的一切是真實，還是夢境……」

Special

再見

那是一個陽光普照的中午，太陽的光線映射下來是如此溫暖。

或許這就是最合適離別的天氣。

我撫摸眼前這個微弱呼吸的他，他好像比從前輕了不少。整個身體變得很軟，眼睛沒有神的半開半合，好像骨頭也變軟了似的。其實從來也覺得他很嬌小，但這是第一次感覺到他是如此的脆弱。

他是我的小毛孩，十一歲半，名字是滔滔。

他是我十一年前領養回來的一隻小兔子。

滔滔是一隻活潑的小兔子，閑來無事就喜歡在家裏邊蹦蹦跳，到處搞破壞，明明是一隻兔子但卻又像一隻貓又像一隻狗又像是一個人。總是喜歡掉東西、會發脾氣、會撒嬌、會看懂你的情緒、會哄你、會偏食、會逗你玩、會記住所有對他好的人。

他不是困在籠內讓你觀賞把玩的玩具，他有血有肉、會痛會舒服。

他喜歡被摸、會主動走到你附近伏下來、他不喜歡被陌生人抱會跑走。

在你生活上無處不在，每天會等你回家、晚上等你睡覺才睡覺、平常要等到人齊才吃飯、生氣的時候會用屁股看著你、開心的時候圍著你轉圈圈，他就是這麼一隻像朋友、像親人的小毛孩。

可是卻一直也知道他有一天會離開我，但每一天都會希望不是「今天」。

每個養毛孩的人心中大概都一早會有這個預算，因為不會有人想像自己會先毛孩一步離開人世吧？但不管從多久以前就開始做心理準備，當那天真的來臨的時候，還是很難受。

在毛孩離開的那天晚上，我不敢回家，因為怕打開門看不見他在等我的身影。

那個晚上我哭了很久很久，久得不知時間都過去了，一直在翻看跟他的舊照片，無數段過去跟他一起的回憶湧上心頭，也不知就這樣哭著看舊照片看了多久。

「叮！」直至從電話傳來的一個訊息鈴聲打破了我哭泣聲。

我拿起手機並且解鎖，只見螢幕顯示「下載完成」。

「奇怪了，我不記得自己有下載過甚麼程式？」

我在手機的頁面尋找這個不知名但卻又下載到我手機的程式。

最後，我找到了一個粉紅色、看起來有點夢幻的圖示，它寫著「美夢販賣機」。

雖然不知道它是甚麼，但我還是打開了這個程式。

一打開這個程式，它就出現了教學。這個教學是說明這個程式的用法，它說可以利用一天的記憶來換取一個美夢。

這個程式的界面就像我常用的購物網一樣，有很多貨品能選購，而它唯一不同的就是這些貨品是夢境。

我選擇了一個名為「再遇」的夢境，而我作為代價所交換的記憶是今天。

「請確認你的訂單」

選購的夢境類型：再遇

販賣的記憶日期：2019年04月10日12時00分00秒

＊請於按下確認後盡快入睡，

如未能於二十四小時內入睡，

當天將不會出現美夢，而已販賣的記憶將不獲退回。

然後我擦了擦雙眼旁邊的淚水就閉上眼睛，很快我就進入了夢境，這個猶豫真實一樣的夢境。

這是一個陽光普照的中午，我像平常一樣坐在大廳寫故事，兔子也像平常一樣到處跑，在每個位置也留下他的足跡，偶爾走到你面前看看你在做甚麼，然後就坐在你身邊。

可是這天有點不一樣，這十一年來從來不發出半點聲音的兔子，竟然跟我說起話來。就像是傳心術那樣，他不是真的張開口說話，但我就是知道是他正在跟我說話。

「請你不要再哭了，我知道你現在很幸福呢，才決定在這個時候離開，因為即使我走了你身邊仍然會有其他人陪伴，你不會再一個人難過的了。雖然我真的真的很想一直繼續與你們在一起，但是我真的要走了。我希望你們在往後的日子也可以繼續幸福下去，然後在某一天、某一個地方，我們一定一定會再見的。所以你們都不要再為了我而哭，在最後的時光，你一直牽著我的手，大家都在我身邊，我真的很幸福。我會一直在有彩虹的地方看著你，謝謝你給了我一輩子的家。」

這個夢境很短暫，就只有這幾句話，短暫得我懷疑自己蝕底了一天的記憶。

後來到我醒來的時候，似乎忘記了他是怎樣離開的，忘記了自己是不是哭的很慘，我只記得他曾經每天陪在我身邊的日子，記得他每個傻乎乎的動作，記得我們曾經一起的所有快樂回憶，還有最後他說我們一定會再見。

我想自己可能會有一段時間不會再養毛孩，可是我想他並不會這樣希望。因為世界上還有很多渴望能有一個家的小毛孩，如果日後有能力，我會繼續養更多渴望回家的小毛孩，即使每一次離別都需要再次承受那痛楚，但我也想讓他們曾經幸福過，希望他們到彩虹橋之前也有著幸福的生活。

就像我一點也不後悔當日領養了滔滔，我這輩子也會記得生命中曾出現過這樣可愛的一隻傻兔子。

（＊請支持領養代替購買！）

附錄

美夢販賣器守則

1. 所有交易於確認後將無法取消。
2. 一天的記憶可換取不多於十二小時的美夢。
3. 二十四小時內只能交易一次。
4. 八歲前的記憶沒法販賣。
5. 有關美夢販賣器的記憶部份不會被消除。
6. 確認交易後如未能於二十四小時內入睡，否則當天將不會出現美夢，而已販賣的記憶將不獲退回。

等級功能

1. 美夢販賣器用家級別最高為第7級。

2. 每個等級的限定功能需升至該級別才能解鎖。

3. 每次交易的積分會視乎用家交易當天睡眠時間以外的記憶時間而定。

（以每小時一分計算）

各等級的功能

等級一：

可選用基本的夢境情節。

等級二：

可輸入指定人物於夢境情節。

等級三：

可選購「續夢」以繼續上一次使用時的夢境。

等級四：

可指定販賣的記憶時段。

（每節最小兩小時，合共二十四小時）

等級五：

可指定甚麼時候入睡才出現美夢。

等級六：

可指定夢境中的情節。

等級七：

可回復所有記憶，代價是一個惡夢。

後記

謝謝你購買了S.U.的第一本個人著作。這本書真的是嘔心瀝血的寫出來，雖然有很多地方還未完善，但在創作的過程中也考慮了很多因素。加上在寫作期間筆者真是遇上人生中的各種難題，最終仍然能將它面世，實在一點都不容易。

大概從前的筆者是從來沒有想過自己有一天能出版一本屬於自己的

書，所以這次真的特別感謝孤出版的支持。在過程中他們也給了筆者很大的幫助，讓筆者可以專心只在創作上，所以很高興這次能與他們合作。

這個「美夢販賣機」的題材，其實很大的靈感是來自「莊周夢蝶」這個故事。既然當夢境過分真實的時候，人都沒辦法分別到底是夢境還是真實，那麼如果人有機會利用這一樣東西的時候，他們又會有怎樣的表現呢？

如果過往有看過S.U.寫的短篇小說，大概也會知道筆者是比較喜歡寫一些有關人性的故事。這次也希望透過「美夢販賣機」作為主線，分享一下當不同的人在各自的處境下有了這樣的一個選擇，他們又會作出怎樣的決定。

到底他們會不屑一看這種不真實的幻想，還是寧願在虛假的面具下也選擇讓自己快樂的渡過呢？

假如忘記了的真相，有一天它又再次回來了，到底會覺得已經看透而接受，還是會受更大的打擊更沒法接受？當最後換取了一個惡夢作為代價，可是醒來的時候發現現實比惡夢更可怕，又要如何面對？

筆者在創作《美夢販賣機》時，一直都在想，如果「美夢販賣機」是真實存在於世界上，到底會發生甚麼樣的事呢？會有多少人利用它來忘記所有不想記得的事情呢？

人們又會用怎樣的方式去利用「美夢販賣機」呢？就好像最後一個篇章〈罪孽〉，故事的主人翁殺了人後，利用程式把這件事完全忘記了，那他就永遠也不會有內疚的感覺？還是他打算用這種方式來逃避自己所犯下的錯、需要負上的責任？

很多人都會想把難過的記憶拋棄，因為人們都希望過著輕鬆的生活，就會渴望把那些會傷害到自己的情感壓抑在心底中，但終究這些記憶依然存在我們心中。人就是需要靠著這些傷害才能更拙壯的成長，因為有過這些經歷，才能夠讓自己變得更堅強，讓自己在日後的路上更能坦蕩蕩的走下去。在漫長的人生路中，會遇上無數件想要遺忘的事，如果全都忘了還剩下甚麼？就由它來吧！反正以後一定會遇上更糟糕的事，到時候比起來，曾經發生的傷害可能就變成笑話，可以一笑置之了。

在創作《美夢販賣機》的時候，筆者一直在想，是哪些人最想使用這個程式，是有悲痛想要忘記的人，還是想逃避現實輕鬆過生活的人？看似是兩種不一樣的人，但其實都是同樣渴望安穩快樂，或許這就是人性。我們都喜歡逃避一切會傷害自己、讓自己感到不舒服的事情，想活在只讓自己最舒服的空間中。筆者並不認為這有問題，這是人之常情，雖然別人總說吃得苦中苦，方為人上人，但可以活在甜的世界的話，又有誰想要吃苦呢？可以笑的話，誰會想哭呢。

毫無疑問這個故事是還沒寫完的，因為筆者還有很多故事想透過「美夢販賣機」這一個主線逐一跟讀者分享，還有很多人性的慾望想透過在這些看似日常的背景中透露，而且現在還有很多未好好解釋的地方，需要把它繼續完善，所以在接下來的日子也會繼續努力，寫好接下來的篇章，希望不會辜負讀者的期望。

最後筆者真的要再次感謝所有讀者，筆者開始寫故事，斷斷續續的寫了三年，有幸有一班一直支持的讀者不時給予鼓勵，才用恆心繼續寫下去！

所以還請大家日後也多多支持！

The Dreams Vending Machine
美夢販賣機

作者 S.U.
編輯｜校對 小雨
封面｜內文設計 Vincent
出版 孤泣工作室
地址 新界荃灣灰窰角街 6 號 DAN6 20 樓 A 室
發行 一代匯集
地址 九龍旺角塘尾道 64 號龍駒企業大廈 10 樓 B&D 室
承印 美雅印刷製本有限公司
地址 九龍觀塘榮業街 6 號海濱工業大廈 4 樓 A 室
出版日期 2019 年 7 月
ISBN 978-988-79939-1-9
定價 港幣 $88

S.U. 作品 01 collection

facebook ｜ 孤出版
instagram ｜ lwoavie.ph